Domination érotique et soumission
Vol. 9

Erika Sanders
Série
Collection de domination érotique

Image de couverture : © krivitskiy- Pixabay, 2025

Première édition : 2025

Synopsis

Est une compilation de romans de forte Contenu BDSM érotique appartenant à la collection Domination et soumission érotique, une série de romans à fort contenu BDSM romantique et érotique.

Cette compilation contient les romans:

- Femme BDSM.
- Écrivaine BDSM.
- Bibliothécaire BDSM.

(Tous les personnages ont 18 ans ou plus)

Note sur l'auteure:

Erika Sanders est une écrivaine de renommée internationale, traduite dans plus de vingt langues, qui signe ses écrits les plus érotiques, loin de sa prose habituelle, de son nom de jeune fille.

Indice:

DOMINATION ÉROTIQUE ET SOUMISSION VOL. 9
ERIKA SANDERS

FEMME BDSM

PREMIÈRE PARTIE:
20 ans de mariage

CHAPITRE 1

C'était une autre nuit de sexe fade.

Mais aucun d'eux ne s'est plaint.

Après 20 ans de mariage, le sexe était devenu une routine plus que toute autre chose.

Rachel est retournée au lit après s'être lavée entre ses jambes.

Elle éteignit la lumière, se mit sous les couvertures et s'allongea à côté de son mari.

«C'était charmant», dit-il.

"C'était", répondit Roger. "Un peu mieux depuis que les garçons vont à l'université, non?"

Elle lui donna un coup de coude.

"Quelle chose horrible tu dis."

"Mais tu dois admettre que c'est bien que nous n'ayons plus à garder le silence. Et nous pouvons laisser la porte ouverte."

Rachel réfléchit un instant.

"Je suppose. Mais quand même, ils me manquent tellement."

"Moi aussi."

Elle ferma les yeux.

"Bonne nuit."

"Bonsoir, chérie," répondit-il en l'embrassant sur le front.

CHAPITRE 2

Le lendemain était une journée de travail typique pour Rachel.

Elle était comptable pour un cabinet comptable de niveau intermédiaire.

Avec la récente croissance économique du centre-ville, il avait beaucoup de travail à faire pour les nouveaux clients.

Pendant le déjeuner, elle a mangé avec le même groupe de femmes qu'elle avait mangé ces dernières années.

Ils ont parlé de leurs sujets habituels: potins, actualités du divertissement, famille, leurs enfants, nouvelles recettes, etc.

Ils étaient tous les meilleurs amis et ont toujours apprécié la compagnie de l'autre.

Il était presque six heures de l'après-midi lorsque Rachel rentra à la maison.

La voiture de Roger était déjà dans l'allée.

Quand il est entré dans la maison, c'était particulièrement calme.

Roger avait l'habitude de dire rapidement "bonjour".

Elle l'a appelé, mais n'a obtenu aucune réponse.

Quand Rachel entra dans la cuisine, une paire de bras s'enroula autour de son corps par derrière.

Les mains touchaient sa poitrine lascivement.

Elle a crié à haute voix.

"C'est bien!" dit-il en la libérant. "C'est moi! C'est moi!"

Elle se retourna rapidement pour voir un regard abasourdi sur le visage de Roger.

Il ne s'attendait clairement pas à ce que sa femme réagisse ainsi.

"Mon Dieu! Roger! Ne me fais plus jamais peur comme ça!"

"Je voulais vous surprendre".

«Comment était-ce une surprise? elle était furieuse. "Tu m'as fait peur en plein jour. Je pensais qu'ils m'attaquaient!"

"Désolé. J'essayais juste d'être romantique."

"Il n'y a rien de romantique à être touché de cette façon."

"Désolé. Je ne le referai plus."

Rachel a pris un moment pour se calmer.

«Je ne voulais pas être aussi en colère. C'est juste, s'il vous plaît, soyez un peu plus attentif à vos surprises, d'accord?

"Nous ne nous sommes plus jamais amusés. Avez-vous remarqué?"

"S'il vous plaît Roger, je ne suis pas d'humeur pour ça en ce moment."

"D'accord," acquiesça-t-il en signe de défaite.

Rachel se retourna et alla dans la chambre pour changer ses vêtements.

Assis sur le lit et soupira.

CHAPITRE 3

Le lendemain.

Rachel était devant l'ordinateur en train de faire son travail de comptabilité.

Son téléphone sonna.

C'était son mari.

Elle a répondu à l'appel, et quand Roger lui a dit que c'était important, elle a dit d'attendre un moment en sortant pour plus d'intimité.

Il se demanda de quoi il s'agissait.

Roger a rarement appelé pendant qu'elle était au travail.

Il supposa que ça ne pouvait pas être à cause de son combat d'hier, parce qu'il l'avait déjà résolu cette même nuit.

"Oui ?" Il a dit quand il était dehors, loin des autres collègues.

"Faisons un voyage la semaine prochaine," répondit-il sans détour. "Il y a un endroit tranquille où l'on peut aller près de la côte."

"Je ne peux vraiment pas. Les choses sont très occupées avec mon travail en ce moment."

"Le mien est comme ça aussi. Mais nous pouvons faire un trou. Nous pouvons y aller vendredi prochain et rester pendant le week-end. Il suffit de prendre une journée de congé."

"Mais ce n'est pas nécessaire," répondit-elle, essayant de le raisonner. "Je ne suis pas en colère contre toi. N'avons-nous pas clarifié ça la nuit dernière ?"

"Il ne s'agit pas d'hier. Il s'agit de notre mariage."

Ces mots envoyèrent un choc complet à travers la colonne vertébrale aux pieds de Rachel.

Il avait toujours supposé que son mariage était solide et qu'il donnait à Roger tout ce qu'il avait toujours voulu d'une femme.

«Notre mariage est-il en difficulté? elle a demandé.

"Ne parlez pas comme ça. Mais il y a un moyen de rendre notre mariage ... meilleur ..."

Un autre signe est descendu dans sa colonne vertébrale.

"De quoi parle ce voyage?"

"Je pense qu'il y a quelqu'un qui peut nous aider."

«Un conseiller conjugal? demanda-t-elle surprise.

Arrêté un instant.

"Oui. Quelque chose comme ça. Un conseiller conjugal."

"On ne fait pas ça mal, n'est-ce pas? J'ai pensé ... j'ai pensé ..."

La voix de Rachel devenait étouffante et ses yeux se mouillaient.

«Nous ne faisons rien de mal», répondit-il, essayant de la rassurer. "Mais je pense que nous pouvons nous améliorer. C'est quelque chose auquel je pense depuis un moment."

"Très bien. Si vous pensez que c'est pour le mieux."

"Merci, chérie. Je suis désolé de t'avoir appelé au travail. C'est une chose de dernière minute. Elle avait un poste à la dernière minute dans son emploi du temps et voulait en profiter."

Rachel haussa un sourcil.

"Elle? Est-ce que le conseiller est une femme?"

"Oui."

"Que savez-vous de cette personne? Pourquoi avons-nous besoin de voyager si loin pour lui?"

"J'expliquerai plus tard. Mais elle a une réputation unique. Et je pense qu'elle fera des merveilles pour nous."

"Si c'est ce que tu veux, alors c'est bien."

"Je suis content que vous soyez ouvert à cela. Nous discuterons des détails ce soir."

"Okay au revoir."

"Adieu."

L'appel a pris fin et Rachel a été choquée avec son téléphone en main.

Une bombe était tombée sur elle, mais elle réalisa qu'elle ferait tout ce qu'il fallait pour que son mariage reste solide.

CHAPITRE 4

Quelques jours plus tard.

Rachel se tenait dans la pièce, pliant des vêtements pour le prochain voyage.

Elle savait que le temps allait être chaud, alors elle a emballé les t-shirts, shorts, sandales et maillots de bain que Roger lui a dit de porter car ils seraient près de la plage.

Elle ne voulait pas y aller, non seulement parce que l'idée allait leur coûter des milliers de dollars, mais parce qu'elle avait besoin de passer beaucoup de temps au travail, et cette journée perdue serait une journée qu'elle devrait rattraper.

Mais si c'était la meilleure chose pour votre mariage, alors vous ne vouliez pas vous battre à ce sujet.

Ce qui le dérangeait le plus, c'était que Roger était inhabituellement clairsemé et paresseux sur la question du conseil matrimonial.

Durant toutes leurs années de mariage, ils avaient toujours été ouverts à tout.

Il n'y avait jamais eu de secrets.

Il n'y a jamais eu de mensonges.

C'est pourquoi leur mariage a été si réussi.

Jusqu'à maintenant...

Elle passa un long moment à se demander pourquoi Roger voulait voir un conseiller.

Qu'arrive-t-il à notre mariage?

Je pensais que tout allait bien.

Je pensais que tout était parfait entre nous.

Est-ce du sexe?

Ne suis-je plus assez bon?

Voulez-vous quelqu'un d'autre?

A-t-il une liaison?!

La valise était presque pleine.

Il ne restait plus qu'à mettre le maillot de bain.

Il y avait un vieux couple dans son placard.

Qu'elle n'avait pas utilisé depuis des années.

Il s'est déshabillé devant le miroir.

Elle regarda son corps nu.

Les légères lignes sur son visage avaient grossi.

Ses seins auparavant très gaies avaient commencé à s'affaisser.

Ses hanches devenaient plus épaisses malgré l'aérobic.

La vérité est que ce n'est pas étonnant que Roger veuille voir un conseiller.

Elle a mis son maillot de bain et a posé devant le miroir avec.

Vous aimerez ça.

À ce moment, Roger quitta son bureau à domicile et s'approcha de Rachel avec un froncement de sourcils.

"Que se passe-t-il?" elle a demandé, toujours dans son maillot de bain.

«Je viens juste de téléphoner à mon patron. Un de nos clients vient de recevoir un procès de plusieurs millions de dollars. Je ne peux plus faire ce voyage.

Elle le regarda droit dans les yeux et savait que Roger disait la vérité.

Une lueur d'espoir traversa l'esprit de Rachel.

Elle était heureuse que le voyage ait probablement été annulé.

"C'est très mauvais," répondit-elle. "Cela signifie-t-il que le voyage est annulé?"

"Il ne sert à rien d'annuler tout le voyage car j'ai déjà payé les vols et les modalités de conseil. Vous devriez y aller seul."

Elle était surprise.

«Voulez-vous que je voie un conseiller matrimonial seul? À quoi ça sert?

Le soupir.

"Rachel, je t'aime tellement. Je t'aime plus que tout. Tu es l'amour de ma vie."

«Oh mon Dieu, tu as une liaison. N'est-ce pas vrai ? Il y a quelqu'un d'autre, non?

"Non, ce n'est pas comme ça," dit-il avec emphase. "Je ne te tromperais jamais. Je ne l'ai jamais fait et je ne le ferai jamais."

«Alors que se passe-t-il? Ces derniers jours, vous avez été très évasif à propos de ce voyage. Jamais auparavant vous n'avez été aussi secret.

Il soupira à nouveau et secoua la tête.

«Désolé. Je n'ai pas été complètement honnête avec toi. Je pense que je ne suis pas aussi courageux que je le pensais.

"Dis moi ce que c'est?"

"Fais-moi confiance?"

"Bien sûr que oui. Si vous avez une liaison, dites-le-moi. Nous pouvons le découvrir."

«Je n'ai pas de liaison Rachel. Mais je pense qu'il doit y avoir des changements dans notre mariage.

"Est-ce que je ne suis plus assez bon?" elle a demandé.

"Arrête de dire des choses comme ça. Tu es ma femme. Je t'aime plus que tout."

"Alors pourquoi n'es-tu pas honnête avec moi?" demanda.

Il secoua la tête.

"J'essaye d'être honnête. Mais je ne peux pas. Ce n'est pas facile. Croyez-moi, j'aimerais que tout soit facile."

«Je ne te comprends plus, Roger.

Une tristesse apparut sur son visage.

«Peux-tu me promettre que tu partiras encore? Je sais que c'est dur d'aller comme ça, mais je ne te le demanderais pas à moins que je ne pense que ça pourrait aider à sauver notre mariage.

"Pensez-vous que notre mariage doit être sauvé?" demanda-t-elle, les larmes aux yeux.

«S'il te plaît, ne complique pas les choses, Rachel. Peux-tu me promettre que tu partiras seule? Je veux que tu rencontres la conseillère et que tu écoutes ce qu'elle a à dire. je t'en prie ".

Des larmes coulaient déjà sur son visage.

Rachel s'y noya et pouvait à peine parler.

Puis elle passa ses bras autour de son mari et lui fit un gros câlin suffocant.

Il n'allait pas perdre son mariage donc peu importe le prix.

DEUXIÈME PARTIE:
Lady Samantha et la femme

CHAPITRE 5

Rachel a vu un homme bien habillé après avoir quitté le terminal de l'aéroport avec ses bagages.

L'homme tenait une pancarte avec son nom dessus.

Ils ont parlé et confirmé l'identité des deux.

Elle est montée dans sa voiture de luxe pour un trajet d'environ trente minutes jusqu'à ce qu'ils atteignent leur destination.

Elle espérait se rendre dans un immeuble de bureaux.

Mais il fut surpris de voir que la destination était en fait une grande maison près de la plage, qui ressemblait plus à un manoir.

Le propriétaire de l'endroit était une personne très riche.

Et le propriétaire n'était certainement pas un conseiller conjugal ordinaire.

La voiture s'est arrêtée dans l'allée.

Le chauffeur est allé dans le coffre pour sortir les bagages.

À ce moment, la porte d'entrée du manoir en bord de mer s'ouvrit et une grande femme sculpturale en émergea.

Elle avait l'air magnifique, dans la trentaine, avec de longs cheveux ondulés et un corps modèle.

"Tu dois être Rachel," sourit la femme. "J'ai entendu des choses merveilleuses sur toi."

"C'est moi. Et toi ?"

« Samantha. Bienvenue chez moi.

Les deux femmes se sont chaleureusement serrées la main.

"Quel bel endroit. Je ne m'attendais certainement à rien de tel."

"La plupart des gens ne le font pas. C'est dommage que votre mari n'ait pas pu venir."

« Connaissez-vous mon mari ? A demandé Rachel.

"Je voyage beaucoup avec mon père pour affaires et j'ai vu votre mari plusieurs fois. Mais nous pourrons en parler plus tard. Je suis sûr que vous êtes épuisé. Laissez-moi d'abord vous montrer votre chambre."

Samantha a conduit Rachel avec le chauffeur dans les escaliers du grand manoir à la chambre d'amis.

Le chauffeur a déposé les bagages dans la chambre puis est parti.

Rachel était dans un état d'émerveillement constant alors qu'elle regardait le manoir.

Il ne pouvait pas comprendre combien tout cela valait.

"Je vais vous laisser vous doucher et vous reposer", dit Samantha. "Les serviettes sont dans la même salle de bain. Venez à la plage vers six heures de l'après-midi. Nous pouvons regarder le coucher de soleil ensemble et prendre du jus de fruits frais."

"Cela semble délicieux".

Samantha sourit.

"On se voit alors".

CHAPITRE 6

Rachel a pris une douche froide et s'est détendue.

La chambre d'amis de la maison était meilleure que n'importe quelle chambre de n'importe quel hôtel de luxe dans lequel il avait séjourné.

Tout était pur luxe et classe.

Il se demanda ce que Roger avait prévu.

***

Six heures arrivèrent et Rachel descendit, habillée avec désinvolture pour le temps chaud dans lequel elles étaient.

Il est allé sur la plage et a trouvé que la vue était magnifique.

J'avais oublié à quel point l'océan pouvait être beau, surtout lors d'un coucher de soleil.

Il vit Samantha debout là, admirant la vue sur l'océan.

"Vous avez tellement de chance de pouvoir en profiter tous les jours", a déclaré Rachel.

"En effet."

"Alors qu'est-ce que tu fais exactement ici?"

«Qu'est-ce que Roger vous a dit?

"Pas grand-chose, malheureusement. C'est juste que tu es une sorte de conseiller matrimonial. Mais à première vue, je ne suis plus tout à fait sûr que ce soit le cas."

"Je fais diverses choses," répondit Samantha. «Je fais de l'immobilier et du développement de l'emploi au nom de mon père. Mais je fais aussi des faveurs aux gens. Des faveurs que j'aime vraiment offrir.

"Comment? Conseil matrimonial?"

Samantha a montré un beau sourire.

"Tu peux le dire comme ça aussi."

"Pourquoi tout le monde est-il si vague à ce sujet ? Y a-t-il un secret que je ne devrais pas connaître ?"

"Si vous voulez connaître la vérité, j'ai aidé de nombreux couples au fil des ans. Je me fiche de l'argent. Je le fais pour le plaisir. J'aime aider."

"Et comment aidez-vous exactement ces couples ?" A demandé Rachel.

"Comment pensez-vous ? Quelle est la base d'une bonne relation ?"

"Amour," répondit Rachel.

« Sexe », fit Samantha. "J'aide les couples à faire du sexe pour eux."

Rachel a été choquée au fond, mais n'a pas laissé son visage le montrer.

Elle a été surprise que son mari bien-aimé de vingt ans y pense quand il lui a parlé d'elle.

« Alors vous êtes sexologue ?

"Je n'aime pas vraiment les étiquettes," répondit Samantha. "Mais je sais beaucoup de choses sur le sexe. Je sais ce que les gens aiment et comment il peut être amélioré. C'est un talent naturel que j'ai."

"Je ne pense pas que ce soit bon pour moi. Merci pour la gentille hospitalité, mais je devrais y aller. Je prendrai le prochain vol pour rentrer."

"Vous venez d'arriver".

"Je le sais mais..."

« Roger m'a prévenu que cela vous inquiéterait.

« Avez-vous couché avec lui ? Rachel a demandé sans ambages.

"Non. Croyez-moi, votre mari est un homme fidèle. J'ai juste jeté un coup d'œil à lui et je savais que sa vie sexuelle manquait beaucoup. Alors, quand j'ai trouvé une opportunité sur mon emploi du temps, j'ai fait une offre à votre mari."

Rachel plissa les yeux.

"Oui, en échange de plusieurs milliers de dollars de l'argent de mon mari, non ?"

"Comme je l'ai dit, l'argent ne veut rien dire pour moi. Regarde autour de moi, je n'ai pas besoin de l'argent de ton mari. Mais si je ne fais pas payer les gens, j'aurai une longue file d'hommes qui attendent devant ma porte pour obtenir un service gratuit. . "

"Eh bien, merci pour l'hospitalité. Je ne veux pas perdre votre temps. Ce n'est pas pour moi. Je prendrai le prochain vol disponible."

Samantha hocha la tête.

«C'est parfaitement compréhensible. Tu peux rester ici aussi longtemps que tu veux. Mon chauffeur t'emmènera quand tu voudras. Je rendrai l'argent de ton mari dès que possible.

"Je vous remercie."

"Bonne chance pour votre mariage," dit Samantha, reportant son attention sur le soleil couchant.

Rachel fit une longue pause.

"Que savez-vous de mon mariage?"

"Votre mari voulait ça pour une raison précise. Donc je sais que votre vie sexuelle doit être incroyablement ennuyeuse et monotone."

"Il y a plus dans le mariage que le sexe. Nous nous aimons. Nous sommes d'excellents partenaires dans la vie."

"Continue de te dire ça," répondit Samantha. "Votre mari a manifestement le sentiment que quelque chose manque à votre relation. Mais si vous pensez que tout est parfait, alors n'hésitez pas à partir."

Rachel fit une autre longue pause.

«Si je reste ici, je veux dire, au cours des prochains jours, que va-t-il se passer? Que vais-je faire ici?

«Si tu restes, je t'apprendrai les joies de la domination et de la soumission. C'est ma spécialité. Quelqu'un comme Roger a besoin de se sentir l'homme dans la relation. Je peux t'apprendre comment le servir correctement.

"Cela semble un peu grossier."

«Le sexe est brut. Mais c'est aussi beau. À quand remonte la dernière fois que tu as eu un orgasme époustouflant? Le genre qui laisse une flaque d'eau entre tes jambes.

"Je ne me souviens pas," répondit Rachel. "Des années. Peut-être plus."

"Pauvre chose. Mais je peux arranger ça. Les femmes plus âgées, en particulier les épouses, sont une de mes spécialités."

"Nous n'allons pas ... vous savez ..."

"Nous le ferons. Nous ferons tout ensemble."

"Je ne peux pas faire ça," répondit Rachel. "C'est fou. Je n'ai jamais rien fait avec une autre femme avant."

Considérez cela comme une expérience d'apprentissage. De plus, ce n'est pas fou si votre mari pense que c'est bénéfique. "

"Vous êtes certainement très enthousiasmé par tout ce projet."

Samantha sourit.

"Tu devrais l'être aussi."

"Et maintenant?"

«Maintenant, je rentre à l'intérieur pour me préparer pour le dîner. Mon chef fait quelque chose de délicieux. Si vous voulez rester, rejoignez-moi pour le dîner. Si vous voulez partir, parlez à mon chauffeur.

"Je veux rester."

"Le dîner devrait être prêt bientôt. Nous pouvons mieux nous connaître. Demain, c'est quand le vrai plaisir commence."

Samantha montra un autre sourire plein d'insinuations.

Puis il se tourna pour entrer dans son grand manoir.

CHAPITRE 7

Le lendemain.

Une petite partie du personnel leur a servi le petit déjeuner en plein air.

Tout a été géré correctement.

Toute la nourriture était fraîchement préparée.

Les deux femmes ont apprécié la compagnie de l'autre pendant qu'elles prenaient le petit déjeuner.

"Je peux vraiment m'habituer à ça," plaisanta Rachel.

Samantha lui fit un clin d'œil.

"Qui cuisine habituellement dans votre maison? Je suppose que c'est vous. Vous semblez être une femme très domestiquée."

"J'ai été élevé à l'ancienne. Je viens d'une longue lignée de femmes au foyer."

"Typique. Vous avez ce look conservateur classique."

"Je l'entends beaucoup," Rachel haussa les épaules. "Mais pour une bonne raison. J'adore prendre soin de ma famille. J'adore être la mère et la femme idéales pour eux."

Samantha hocha la tête.

"Je suis sûr que Roger apprécie tout ce que vous faites dans la maison."

"Oui," répondit Rachel. "J'ai beaucoup de chance de l'avoir. La plupart des maris n'apprécient pas le travail que leur femme fait pour eux."

"Est-ce que Roger vous récompense? Est-ce qu'il vous permet de sucer sa bite?"

"Pardon?"

«Est-ce que Roger te laisse sucer son pénis quand tu as été une bonne fille?

Rachel a été surprise par les propos obscènes au petit-déjeuner, surtout devant le personnel.

Les conversations effrontées sur le sexe lui avaient toujours semblé de mauvais goût.

"Je ne pense pas que ce soit votre affaire," répondit Rachel.

"N'est-ce pas vrai ? Je pensais que tu voulais mon aide."

"Je suppose, mais ..."

"Soyez honnête. Nous sommes tous les deux des femmes adultes. Et mon personnel est très discret. J'essaye juste de vous aider."

Rachel poussa un léger soupir.

"Je le fais pour lui, seulement parfois. Je n'aime pas vraiment le faire".

"Alors en quoi consiste ta vie sexuelle avec Roger ? Est-ce qu'il grimpe sur toi, te donne quelques balançoires et puis court ?"

"Fondamentalement."

Samantha a failli rire.

"Ce n'est pas une belle vie sexuelle. Cela ressemble plus à une formalité."

"Cela fonctionne pour nous."

"Evidemment non. Roger veut que vous soyez ici pour une raison. Je déteste vous annoncer la nouvelle, mais Roger est un garçon normal et excité. Il adore le sexe. Et il adore se faire des pipes. Mais il est trop timide pour demander des services à sa jolie petite femme. supplémentaire. "

"Vous êtes présomptueux."

Samantha haussa un sourcil.

"Suis-je ? Est-ce que Roger a déjà rejeté le sexe ? Est-ce qu'il ressemble à un lycéen à chaque fois que vous sucez sa bite ? Vous savez que j'ai raison. Tous les hommes sont pareils en matière de sexe."

"Ce n'est pas comme ça que j'ai grandi," dit Rachel après une longue pause. «Vous avez probablement raison pour Roger. Mais je ne sais plus comment lui plaire.

Samantha fit claquer ses doigts et quelqu'un du personnel apporta un jouet sexuel sur un plateau en argent.

Samantha l'a ramassé et le personnel est parti.

Le sextoy couleur chair avait la forme du pénis d'un homme.

«C'est incroyable de voir à quel point ces jouets pour adultes sont devenus réalistes», a déclaré Samantha, le tenant debout et étonné.

Même s'ils étaient à l'extérieur, Samantha ne semblait pas gênée de tenir un gode.

Rachel se sentait un peu mal à l'aise, même s'il n'y avait personne d'autre autour.

«N'as-tu pas peur que quelqu'un vienne te voir avec ça? A demandé Rachel.

"Il est parfaitement légal d'avoir un sextoy dans l'Etat."

Rachel hocha la tête d'un air penaud.

"Tu as raison."

"Il n'y a rien de mal à en embrasser un."

"Que veux-tu dire?"

Samantha secoua légèrement le gode.

«Vas-y, embrasse-le.

"Parce que?"

"Je suis curieux de savoir à quoi vous ressemblez avec un pénis dans la bouche."

Rachel eut l'air nerveuse quand Samantha lui tendit le gode, qui était pointé sur son visage.

Elle a imaginé que se disputer serait inutile.

Elle était invitée dans une maison de luxe.

Elle savait qu'il serait impoli de refuser la demande.

Il se pencha en avant sur la table et embrassa la tête du gode.

«Maintenant, ouvrez vos lèvres», dit Samantha. "Emmenez-le à l'intérieur."

Rachel se sentit mal à l'aise, mais elle le fit quand même.

Elle a permis au jouet sexuel d'entrer dans sa bouche.

Samantha a commencé à pousser et à tirer le gode dans la bouche de Rachel pour simuler le sexe oral.

"C'est tout?" Dit Samantha, regardant attentivement. "Suce. Tout comme ça. Imagine que c'est celui de Roger."

En entendant ces mots, un feu a été allumé à Rachel.

Elle suçait plus fort, plus vite et plus fort.

Elle a vraiment commencé à pratiquer le sexe oral avec un gode.

Avant que Rachel ne puisse continuer, Samantha retira le gode de sa bouche et Rachel se pencha en arrière sur son siège.

"Pas mal," dit Samantha. "Mais vos talents de fellation pourraient s'améliorer un peu. Nous y travaillerons plus tard. Je pense que Roger sera très heureux pour votre retour à la maison."

"Je l'espère," rougit Rachel.

Samantha sourit.

"Nous avons une longue journée d'entraînement devant nous. Finissons notre petit-déjeuner et profitons de notre temps."

Ils ont repris leur petit-déjeuner.

Rachel baissa les yeux sur sa nourriture, mais pensait toujours aux derniers mots de Samantha.

Formation? Qu'est-ce qu'il voulait dire par là?

CHAPITRE 8

La chambre de Samantha se composait d'un grand et spacieux espace.

Et c'était simple mais élégant.

Les meubles semblaient rustiques et chers.

Le balcon était ouvert et offrait une vue parfaite sur l'océan.

"Son mari m'a dit votre taille et vos mensurations", a déclaré Samantha. «Alors je suis allé de l'avant et je t'ai acheté une nouvelle garde-robe.

Il y avait une valise au milieu de la pièce.

Samantha l'a ouvert pour révéler une grande variété de vêtements, la plupart assez révélateurs, et une grande variété de sous-vêtements.

Rachel était stupéfaite.

«C'est tout pour moi?

"Tout dans cette valise est pour toi. Je t'ai aussi acheté un nouveau kit de maquillage."

"Quel est le problème avec mon maquillage?"

"Rien si vous êtes comptable," répondit Samantha. «Mais si vous voulez donner à votre mari une érection régulière, vous devrez travailler un peu plus dur.

"Roger aime ça comme je l'aime."

"Tu es une très jolie femme. Je suis sûr que Roger pense que tu es la plus belle femme du monde. Mais parfois les hommes veulent juste une sale pute dans la chambre. Ce sont les faits."

Rachel fit une pause.

"Je ne suis plus vraiment une jeune femme."

"Il n'y a absolument rien de mal avec les femmes de votre âge. Tout le monde aime les femmes plus âgées. J'adore les femmes plus âgées."

"Alors que faisons nous?"

«C'est bien d'être une femme au foyer primitive et convenable. Mais c'est aussi bien d'être une sale petite salope dans la chambre de temps en temps. C'est ce que je vais vous apprendre.

Rachel prit une profonde inspiration.

"Très bien. Je garderai l'esprit ouvert à tout ce que vous avez à dire."

"Bien. Déshabille-toi maintenant."

"Pardonne-moi?"

"Déshabille-toi. Enlève tes vêtements. Tout ça."

"Parce que?"

«Je pensais que tu avais dit que tu gardais l'esprit ouvert» dit Samantha avec un sourcil levé. "Si vous voulez mon aide, écoutez ce que j'ai à dire."

Rachel savait déjà que se disputer avec Samantha n'était jamais une stratégie gagnante.

Elle prit une profonde inspiration pour reprendre courage et retira ses vêtements avec hésitation, pliant soigneusement chaque vêtement et le plaçant sur le lit voisin.

C'était un peu embarrassant pour Rachel de se déshabiller devant Samantha, car son corps était âgé et Samantha était très jeune et en forme.

Mais Rachel se dit que c'était comme se déshabiller devant le médecin.

Samantha avait probablement vu de nombreuses femmes nues de son âge.

Elle a tout vu.

Quand ce voyage sera terminé, je n'aurai plus jamais à la revoir.

Alors, qui se soucie si elle me voit nue?

Elle a enlevé tous ses vêtements et à la fin Rachel était complètement nue devant une femme beaucoup plus jeune et plus séduisante.

"Très féminine et belle," dit Samantha avec un petit indice en hochant la tête.

"Ça tu crois?"

"Comme je l'ai dit, j'adore les femmes plus âgées. Et j'aime les femmes au foyer. Je pense que vous êtes extrêmement attirante."

Rachel haussa les épaules.

"Et quelle est la prochaine étape?"

"Suivez-moi."

Samantha a conduit Rachel à la commode.

Rachel était assise devant le grand miroir et une table pleine de produits de beauté design.

Ils regardèrent tous les deux le reflet seins nus de Rachel dans le miroir.

Samantha a ensuite utilisé une serviette humide pour essuyer le maquillage de Rachel jusqu'à ce que son visage soit propre.

Les rides et les lignes d'âge sur le visage de Rachel étaient devenues plus apparentes.

«Tu as une telle beauté naturelle, Rachel. Tu es très jolie.

"Je vous remercie."

"Mais nous ne sommes pas intéressés par la beauté pour le moment", a déclaré Samantha. «Nous sommes intéressés par sexy. Es-tu prêt pour ça, Rachel?

"Je crois que oui."

"Nous allons commencer."

Samantha est allée directement travailler l'application de cosmétiques.

Elle a habilement appliqué une couche de fard à joues, fard à paupières, mascara, eye-liner et une nuance brillante de rouge à lèvres.

Seconde par seconde, la sage femme au foyer a vu son apparence se transformer.

Quand elle eut fini, Rachel pouvait à peine se reconnaître.

"Qu'en penses-tu?" Demanda Samantha, fière de son travail.

"Ça a l'air ... ça a l'air ... intéressant ..."

Samantha tapota les épaules de la femme.

"Tu t'y habitueras. Souviens-toi juste que c'est juste pour toi et Roger. Personne d'autre."

"J'ai compris."

«Maintenant, on va t'habiller, d'accord?

Rachel se leva et suivit Samantha dans la grande salle.

Samantha fouilla dans la valise et en sortit une fine robe rouge.

"Essayez ceci," dit Samantha. "Et regarde-toi dans le miroir."

Rachel regarda son reflet nu dans le miroir alors qu'elle enfilait sa robe.

C'était clairsemé, mince et petit.

Surtout, c'était semi-transparent.

La couleur de ses mamelons et de ses poils pubiens était parfaitement visible.

"C'est un peu révélateur, tu ne trouves pas?" Rachel a exprimé ce qui était évident.

«C'est l'idée. Quand tu es à la maison, je veux que tu utilises ça pour Roger à tout moment. Ce sera un mariage plus heureux.

«Tu veux que je sois pratiquement nue à tout moment?

"Pensez-y, est-ce que Roger discuterait avec vous pendant que vos tétons sont exposés?"

"C'est certainement une façon amusante de voir les choses," répondit Rachel avec un petit rire.

Samantha sourit.

"J'ai aidé de nombreux couples au fil des ans. Faites-moi confiance, je sais de quoi je parle."

Les deux femmes se sourirent joyeusement avant d'essayer d'autres tenues.

CHAPITRE 9

Plus tard dans la journée.

Rachel était dans un état de profonde relaxation.

J'étais dans la salle du spa, seule avec une masseuse formée.

Son esprit s'éloigna alors que son dos recevait un massage expert.

C'était du bonheur.

"Je suis contente que tu t'amuses," dit Samantha en entrant dans le spa.

"C'est le paradis."

«Un bon massage est toujours paradisiaque. Je suis désolé de vous interrompre, mais je viens de parler à mon père au téléphone. Il s'est passé quelque chose.

Rachel s'est assise pour écouter les nouvelles.

Ses seins montraient, mais elle s'en fichait.

"Tout va bien?" elle a demandé.

"Tout va bien. Mais mon père est en train de dîner avec plusieurs de ses partenaires commerciaux, et il veut que je la rejoigne. Il veut que je sois au courant. De plus, je suis doué pour recevoir des invités."

"Je devrais y aller?" Rachel a demandé, craignant secrètement le pire.

"Non, non. Mais je ne sais pas à quelle heure je serai de retour, alors installez-vous confortablement chez moi. J'ai déjà demandé au personnel de vous préparer un bon dîner. Faites ce que vous voulez après. Il y a des livres, des films, de la musique, tout ce que vous voulez. Mon personnel vous aidera avec tout ce dont vous avez besoin. "

"Merci tu es très gentil."

Samantha haussa un sourcil.

«Si vous êtes d'humeur pour quelque chose d'un peu plus provocant, alors essayez la collection de DVD dans ma chambre. Qui sait, vous verrez peut-être quelque chose que vous aimez.

"Je vais garder cela à l'esprit," répondit Rachel, ne sachant pas comment interpréter les insinuations.

"Amusez-vous bien. J'essaierai de revenir bientôt."

"Bonne nuit."

Samantha sourit et partit.

CHAPITRE 10

Cette même nuit.

Le manoir luxueux avait l'air un peu ennuyeux sans son propriétaire.

Après un dîner matinal, Rachel a regardé le coucher du soleil et a de nouveau exploré la maison.

Il a jeté un coup d'œil à ce qu'il avait pour la collection de cinéma maison et de musique, mais rien ne l'intéressait beaucoup.

Maintenant, il regardait la télévision dans le salon.

La nouvelle était la seule chose qui l'intéressait.

Il se demanda comment allait Roger.

Elle se demanda si Roger lui manquerait.

L'ennui est venu.

Il était onze heures du soir et Rachel décida de se coucher.

Sur le chemin de sa chambre, il passa la chambre de Samantha.

La porte était grande ouverte.

L'offre de regarder ses DVD privés était toujours dans l'esprit de Rachel.

Pourquoi pas?

Elle m'a invité à entrer dans sa chambre pour regarder.

Rachel entra dans la chambre principale et se dirigea vers la grande télévision.

Les DVD n'étaient pas difficiles à trouver.

Il y avait plus de 200 DVD, a-t-il estimé.

Tous les DVD étaient faits maison.

Chaque DVD avait un nom écrit dessus, ainsi qu'une date.

Rachel a allumé la télévision et le lecteur DVD.

Elle a sélectionné un DVD au hasard intitulé: Joseph 03-07-2018

Le DVD commença et Rachel s'assit sur le lit.

Elle a été surprise par ce qu'elle a vu.

Un homme nu est apparu sur l'écran.

Il était d'âge moyen et en forme normale.

Il avait le visage d'un homme d'affaires prospère.

Son pénis était petit et flasque.

Il avait l'air timide.

Je regardais directement la caméra.

Il se tenait dans une chambre d'amis.

L'homme a déclaré son nom, son âge et que son emploi était un promoteur immobilier.

La scène était très étrange et rendait Rachel extrêmement mal à l'aise.

Il ne pouvait pas comprendre pourquoi Samantha aurait un DVD comme ça.

Rachel se leva et était sur le point d'éteindre le DVD lorsqu'elle entendit soudain la voix de Samantha provenant de la télévision.

Il commençait à donner des ordres à l'homme nu.

Rachel se rassit pour continuer à regarder.

L'homme nu sur l'écran se caressa.

Son petit pénis est devenu un peu plus gros et plus rigide.

L'homme s'est agenouillé lorsque la voix de Samantha lui a ordonné.

Samantha est apparue sur l'écran et Rachel a presque haleté.

Samantha est apparue dans la vidéo portant un corset en cuir serré, montrant ses bras et ses jambes.

Il y avait un long gode attaché entre les jambes de Samantha qui devait mesurer au moins six pouces de long.

Samantha se tenait devant l'homme agenouillé, et l'homme a commencé à sucer son pénis de la ceinture avec enthousiasme.

Tout ce que Rachel pouvait faire était d'avoir l'air presque sous le choc.

J'étais complètement incrédule que Samantha ait fait une telle chose avec un homme.

Son instinct lui a dit d'éteindre le DVD, mais il ne pouvait pas.

L'écran était devenu hypnotique.

Dans la vidéo, Samantha a ordonné à l'homme de se lever et de se pencher sur le lit.

Il l'a fait avec enthousiasme.

Samantha a ensuite appliqué une grande quantité de lubrifiant sur le sextoy et s'est positionnée derrière l'homme.

Rachel haleta en regardant Samantha pénétrer l'homme.

C'était tout ce que Rachel pouvait supporter.

Il s'est levé et a éteint le DVD.

Quand il a remis le DVD à sa place dans la collection, il a vu une autre vidéo étiquetée Anna 05-23-2019.

Il a été enregistré il y a seulement quelques mois et le protagoniste devait être une femme.

Rachel était curieuse, elle a inséré la vidéo et s'est assise sur le lit.

La vidéo montrait une femme mature et nue.

La femme était au début de la cinquantaine.

De toute évidence une femme au foyer.

La vidéo a également été prise dans la même pièce, mais cette fois, Samantha tenait la caméra et parlait à la femme au foyer.

Samantha a ordonné à la femme de s'agenouiller et de ramper vers la chatte de Samantha.

La femme a savamment pratiqué le sexe oral sur la chatte rasée de Samantha.

Rachel était submergée par le désir qu'elle ressentait en regardant la vidéo de sexe privée de Samantha à la maison.

Il se pencha et se toucha en regardant.

Elle a commencé à jouer avec sa chatte.

Le lesbianisme et la soumission n'ont jamais été ses fantasmes, mais il y avait quelque chose de fascinant dans les vidéos personnelles de Samantha.

Rachel a continué à se frotter la chatte jusqu'à la fin de la vidéo.

Puis il a joué une autre vidéo, cette fois d'un couple.

Le temps passait et Rachel avait déjà regardé quelques autres vidéos.

Elle jouit puissamment en regardant du porno fait maison.

Cela faisait longtemps qu'elle n'avait pas ressenti un si bon orgasme.

Elle ferma les yeux pour se reposer un moment.

***

Rachel se réveilla et sentit un doigt frotter sa peau.

Ses yeux s'écarquillèrent.

Il faisait encore nuit.

Elle leva les yeux et vit Samantha debout au-dessus d'elle avec un sourire sur son visage.

"Je vois que vous avez apprécié ma collection," sourit Samantha.

Rachel a rapidement couvert sa chatte.

"Oh mon Dieu. Je suis vraiment désolé. J'ai dû m'endormir."

"Il n'y a rien à regretter. Vous avez trouvé quelque chose que vous aimez. Nous sommes maintenant prêts pour la prochaine étape."

Les deux femmes se regardèrent dans les yeux.

Il y eut un bref moment de silence entre eux.

Et il y avait aussi une compréhension tranquille que les choses allaient devenir beaucoup plus intéressantes.

TROISIÈME PARTIE:
L'esclavage est notre plaisir

CHAPITRE 11

Le petit déjeuner était presque inconfortable le lendemain matin pour Rachel.

C'était la première fois de sa vie qu'elle était surprise en train de se masturber.

Il avait un sentiment de honte et d'inconfort.

"Vous devez avoir beaucoup de questions", a déclaré Samantha.

"Quelque chose."

"Ne soyez pas timide. Écoutons-nous."

"Que faisais-tu exactement dans ces vidéos ?" A demandé Rachel.

"Différentes personnes ont des fétiches différents. C'est un fait de la sexualité humaine. Je fournis simplement un service pour ces fétiches."

"Es-tu une sorte de dominatrice, ou comment s'appelle-t-elle aujourd'hui ?"

Samantha sourit.

"Quand je veux l'être. Ou si quelqu'un a besoin de mon aide."

«Appelez-vous cette aide? Demanda Rachel en haussant les sourcils.

«Bien sûr que oui. As-tu vu combien ces gens ont couru?

Rachel se sentit soudain timide.

"Étiez-vous ... euh ..."

"Vas-y. Demande juste. Je ne vais pas mordre."

Rachel prit une profonde inspiration.

«Aviez-vous l'intention de faire une de ces choses à moi ou à Roger? C'était le plan depuis le début? Est-ce que Roger veut être sodomisé en laisse? Veut-il me voir faire une fellation à une femme?

"Ce sont les grandes questions, n'est-ce pas ?"

"Vas-tu me donner une réponse ?"

Samantha fit une pause dramatique pendant un long moment alors qu'elle buvait le jus fraîchement pressé.

"La réponse est la suivante," répondit Samantha. "Votre mari n'a aucune idée de ce qu'il veut. Il sait qu'il veut une meilleure vie sexuelle. Il sait qu'il ne veut pas coucher avec une femme sans émotion chaque semaine."

«Roger m'a traité de femme sans émotion? Rachel a demandé avec des sentiments blessés.

"Pas avec ces mots. Mais la façon dont il a décrit sa vie sexuelle, tu pourrais aussi bien être sans émotion.".

"Alors, que pensez-vous que Roger veut? Que je sois soumise comme les femmes de vos vidéos?"

"Peut-être. C'est à ça que servait ce voyage. Malheureusement, il était occupé et je ne peux pas l'aider. Mais heureusement tu es là."

"Vous plaisantez j'espère?"

"Non. Il ne l'est pas. Je peux dire qu'il ne l'est pas. Mais il est sur le point de le faire. Le sexe que vous offrez est inapproprié pour un homme comme lui."

"Qu'est-ce que je dois faire?" A demandé Rachel.

"Faites ce que je vous dis. Habillez-vous comme je vous l'ai demandé. Sucez sa bite comme je vous l'ai appris. En fait, je m'attends à ce que vous lui fassiez une pipe tous les matins avant le travail, et à nouveau quand il rentre à la maison. Aucune excuse. pas à. "

Rachel hocha la tête.

"Je peux le faire."

"Mais il y a encore plus à apprendre. Le sexe oral ne résout pas tout, croyez-le ou non."

"Et qu'est-ce que c'est?"

Samantha lui lança un regard sournois.

"Nous devrons le découvrir après le petit déjeuner."

CHAPITRE 12

Il y avait une tension notable dans l'environnement quand Rachel suivit Samantha dans une pièce privée du manoir.

La pièce avait des murs lisses et des meubles simples.

Il y avait un petit lit de seulement deux pieds de haut.

Le lit était simplement couvert, sans couvertures ni oreillers, juste un drap.

«Ne perdons pas de temps», dit Samantha. "Votre mari veut une femme soumise. Au fond, je pense que vous aspirez à une figure sexuelle dominante."

"Je ne suis pas du tout d'accord," dit fermement Rachel.

"Oh?"

"Je ne pense pas que Roger m'aime de cette façon. Et j'ai certainement mes limites. J'ai toujours senti qu'une bonne relation est basée sur l'égalité."

"Même pendant les rapports sexuels?"

"Oui."

Samantha se lécha les lèvres.

"Vous avez beaucoup à apprendre aujourd'hui."

"Je garderai l'esprit ouvert à ce que vous suggérez."

Samantha hocha la tête.

"Je t'ai amené ici pour une raison précise. C'est une chambre pour débutants. Tu n'es pas encore prête pour la salle de bondage."

"Cela semble intimidant."

"Intimider dans le bon sens. Mais pour l'instant, nous allons nous contenter de cette pièce car elle est facile à nettoyer après une catastrophe."

"Qu'est-ce que c'est censé vouloir dire?" A demandé Rachel.

«Cela signifie que je vais te faire jouir. De la bonne façon. Je vais te montrer à quoi ressemble un véritable orgasme.

«Samantha, j'apprécie tout ce que tu fais pour moi, mais je ne pense vraiment pas que ce soit nécessaire.

"Bien sûr que oui," répondit fermement Samantha. "Vous ne pouvez pas devenir un vrai soumis sans en avoir ressenti les plaisirs. Nous commencerons lentement. Je vous faciliterai un nouveau style de vie."

Rachel a été frappée par le mot lifestyle.

Les choses allaient devenir plus intéressantes.

Et j'étais curieux de savoir où les choses allaient.

"Bien," répondit-elle. "Je ne discuterai pas. Je ne me plaindrai pas. Je ferai ce que vous demandez."

«Je veux voir ton derrière. Je te veux nue de la taille vers le bas. Puis allonge-toi sur le lit. Gardez les pieds sur le sol.

Rachel était préoccupée par la demande.

Mais elle l'a fait quand même puisqu'elle avait dit qu'elle le ferait sans se disputer.

Elle a tout dépouillé en laissant ses fesses en l'air et a soigneusement placé ses vêtements sur le lit.

Maintenant, elle se tenait avec son buisson moyennement poilu exposé à Samantha.

Puis il s'allongea sur le petit lit, les pieds toujours sur le sol.

"Tu devras te raser plus tard," dit Samantha en regardant ses poils pubiens.

"Mon mari aime ça."

Rasez-vous aujourd'hui. Ne vous inquiétez pas, il repoussera.

Rachel roula des yeux.

"Évident."

"Maintenant écarte les jambes. Large."

Rachel l'a fait.

Elle écarta les jambes et donna à Samantha une vue dégagée sur sa chatte.

Elle ne se sentait pas en sécurité en montrant sa chatte mature à une belle jeune femme, mais elle supposait qu'il y avait un but derrière tout cela.

"Heureux maintenant?"

"Belle chatte," apprécia Samantha. "Il est joli."

"Vas-tu rester là et le regarder?"

"Bien sûr que non. Si cela ne vous dérange pas, je vais attacher vos jambes au lit avant de vous faire jouir. Détendez-vous, je vous promets que vous l'apprécierez."

Samantha chercha quelque chose sous le lit et en sortit une corde qu'elle utilisait pour attacher les chevilles de Rachel aux poteaux opposés du lit.

Tout a été fait avec une précision experte.

Samantha était clairement une experte des cordes et de l'esclavage.

Quand il eut fini, les jambes de Rachel étaient écartées à la manière d'un aigle, attachées et sa chatte était grande ouverte.

Un bourdonnement fort résonna dans la pièce.

"Qu'est-ce-que c'est que ça?" Rachel a demandé, regardant Samantha.

Samantha a brandi un gros jouet sexuel vibrant, qui ressemblait et ressemblait à un outil électrique.

L'appareil avait un haut vibrant conçu pour stimuler le clitoris d'une femme.

"Cela va changer votre vie pour le mieux. Maintenant, détendez-vous."

Rachel était allongée les yeux écarquillés sur le lit.

La chose se rapprochait entre ses jambes.

Samantha avait l'air d'être sur le point d'effectuer une intervention médicale avec le puissant appareil vibrant.

Le haut vibrant s'est rapproché de la chatte exposée.

Le puissant vibromasseur toucha le bout du clitoris de Rachel.

"Aaahhhh !!!!" la femme au foyer mature hurlait de douleur.

Samantha s'éloigna un instant.

"Détends-toi. Détends-toi, chérie. Détends-toi juste pendant que je prends soin de toi."

La puissante vibration a été ramenée au clitoris.

Rachel hurla de nouveau.

Il aurait pu supplier Samantha d'arrêter.

Elle aurait pu s'asseoir et pousser Samantha.

Elle aurait pu se battre.

Mais elle ne l'a pas fait.

Rachel s'allongea simplement sur le lit et absorba l'intense stimulation.

Même si c'était douloureux, il y eut aussi un petit éclair de plaisir.

Le plaisir grandissait et grandissait.

Rachel a continué dans l'angoisse, mais a essayé de détendre son corps.

Elle a accepté le sentiment puissant.

Ses jambes tiraient et se battaient contre la corde, mais cela n'aidait pas.

Ses jambes ne pouvaient pas bouger.

La sensation dans son corps était en conflit.

Elle voulait résister, mais elle voulait aussi laisser couler les sentiments.

Elle a continué à gémir et à se jeter sur le lit.

Samantha a pressé la paume de sa main contre le corps de la femme au foyer.

Puis elle a poussé le dispositif sexuel vibrant contre le clitoris.

La stimulation était irréelle.

La femme au foyer mature hurlait d'agonie et de plaisir.

Ses jambes se sont battues contre la corde de toutes ses forces.

C'était une bataille perdue.

Quand Samantha a inséré deux doigts dans sa chatte, entrant et sortant, Rachel est venue.

Elle courait et courait.

Elle giclait et giclait plus de son jus.

C'était un orgasme humide qui a fait un vrai désordre partout.

Le dos de Rachel s'arqua violemment.

Ses orteils se recourbèrent.

Il a fait des grimaces étranges tout en étant presque méconnaissable pendant un moment.

Puis son corps est devenu complètement mou.

Samantha éteignit l'appareil et sourit à son travail.

Il abaissa l'appareil et dénoua les chevilles de la ménagère.

Elle s'assit sur le lit et frotta les cheveux de Rachel, remarquant à quel point elle était belle.

"Ne vous battez pas pour parler pour l'instant," dit Samantha, en frottant toujours les cheveux de Rachel. "Détendez-vous. Profitez de votre bonheur. Je suis sûr que votre clitoris doit faire mal en ce moment."

Rachel hocha la tête.

"Oui."

"Reposez-vous. Laissez votre clitoris récupérer. Nous continuerons à nous entraîner plus tard dans la journée."

Samantha se pencha pour embrasser Rachel sur le front, puis sur la joue, puis sur les lèvres.

CHAPITRE 13

Le temps passa sans hâte.

Ils ont déjeuné ensemble et ont parlé de choses normales.

Une amitié s'est développée entre eux.

Le sujet du sexe n'était plus jamais revenu, et le clitoris de Rachel avait assez de temps pour guérir de l'agression vibratoire.

Rachel a fait une sieste au milieu de l'après-midi et quand elle s'est réveillée, il y avait une belle robe noire sur son lit.

Une paire de chaussures à talons hauts était également sur le lit.

Il y avait une note manuscrite sur le haut de la robe.

La note disait:

Prenez une bonne longue douche. Ensuite, appliquez votre maquillage comme je vous l'ai appris. Et puis enfilez votre robe et vos talons sans rien d'autre en dessous.

Nous nous retrouverons en bas dans la salle de l'esclavage à six heures de l'après-midi. La porte sera déverrouillée. "

La note était signée par Samantha.

Un picotement grandit entre ses jambes.

Rachel est sortie du lit et s'est douchée.

Elle se sécha et regarda son reflet nu dans le miroir avant de se maquiller.

Elle a appliqué chaque produit cosmétique exactement comme Samantha lui avait appris.

Rachel a mis sa robe devant le miroir de la chambre.

La robe était élégante et sexy.

Elle s'est émerveillée de son reflet.

Elle ressemblait à une femme très différente.

***

Il est descendu à exactement six heures de l'après-midi, puis est allé dans le couloir.

Il était facile de savoir où se trouvait la salle d'esclavage.

C'était la seule pièce du manoir où la porte était toujours fermée.

Maintenant, la porte était ouverte et il semblait y frapper.

La salle de bondage semblait ennuyeuse comparée au reste de la maison.

C'était une chambre de taille moyenne sans rien de valeur.

Il y avait des tables et des chaises.

Il y avait d'autres objets d'apparence intéressante, comme une corde suspendue au plafond et des appareils étranges qui semblaient rugueux.

Rachel entra dans la pièce et laissa ses yeux la parcourir.

L'anticipation grandit.

«Est-ce que c'était ce à quoi vous vous attendiez? Dit la voix de Samantha par derrière.

Rachel se retourna pour voir Samantha vêtue d'un corset en cuir rouge et de bottes noires.

Elle a montré ses bras et ses jambes toniques et ses cheveux ont été tirés en arrière.

Elle était habillée en véritable dominatrice.

Samantha a ensuite fermé la porte.

"J'espérais un peu plus, pour être honnête," dit Rachel, cachant ses nerfs.

"La plupart des gens attendent plus de ma salle de bondage. Mais je préfère la simplicité. J'aime avoir cet élément de surprise."

"Que veux-tu dire?"

"J'aime que les gens sous-estiment cette pièce," sourit Samantha. "De plus, le type de jouets et d'appareils utilisés n'a pas d'importance. C'est la volonté de se soumettre, et le pouvoir dominant sur le soumis, qui fait une bonne relation érotique BDSM. Pas les jouets."

Les mains de Rachel désignèrent la pièce.

Cependant, nous y sommes. "

"Ne vous méprenez pas," dit Samantha en se dirigeant vers la femme au foyer. "J'adore utiliser des jouets. Et j'aime aussi les cordes. Elles améliorent mon pouvoir sur les soumis de bien des manières."

«Que vas-tu me faire?

Les yeux de Samantha regardaient de haut en bas la femme au foyer.

"J'ai oublié de mentionner à quel point tu es belle dans cette robe. Elle est parfaite pour toi, montrant toutes tes courbes. Et ton maquillage, je suis impressionné. Tu apprends vite."

"Merci. Vous avez l'air ... euh ... attrayant dans cette tenue."

"J'essaie toujours de paraître sous mon meilleur jour."

"Alors qu'est-ce que tu vas me faire?" Rachel a demandé à nouveau, presque désespérée de savoir.

Samantha s'avança et approcha ses lèvres de l'oreille de la ménagère.

"Je vais te ligoter," dit doucement Samantha. "Alors je vais te faire revenir encore et encore. Tu appartiens à ton mari. Mais ce soir, tu m'appartiens. Ta chatte m'appartient. Et tes orgasmes aussi à moi."

Les yeux de Rachel s'écarquillèrent.

"Oh. Je ... euh ..."

«Je suppose que Roger ne vous a jamais ligoté.

"Jamais."

"Parfait. J'adore être le premier de quelqu'un. Reste tranquille."

Rachel resta immobile, timidement, dans sa robe chère, alors qu'elle regardait Samantha tourner un appareil sur le mur.

La corde suspendue au plafond descendit là où se trouvait Rachel.

"Vas-tu me ligoter avec ça?" A demandé Rachel.

"Il existe un problème?"

Rachel secoua nerveusement la tête.

"Ne pas."

"Très bien. Maintenant, donnez-moi vos poupées."

Samantha a utilisé la corde douce et a noué les poignets de Rachel de manière experte.

Le nœud était serré.

Les mains de Rachel étaient liées.

Il n'a fait aucune résistance.

Une fois qu'elle lui a attaché la corde, Samantha est retournée au mur et a tourné l'appareil dans la direction opposée.

Cela fit monter les mains de Rachel au-dessus de sa tête.

Rien de trop douloureux, mais assez pour empêcher Rachel de bouger.

"Confortable?" Demanda Samantha avec un demi-sourire.

Rachel tremblait presque alors qu'elle se tenait les mains attachées au-dessus de sa tête.

"Mes poignets me font mal."

"Ça fait mal parce que vous vous battez. Détendez-vous. Donnez-vous à moi."

Samantha a ouvert un tiroir à proximité et a fouillé à l'intérieur.

Il sortit un couteau et se dirigea lentement vers Rachel avec un sourire méchant, agitant l'objet pointu.

"Oh mon Dieu!" Rachel haleta de peur, pensant que quelque chose d'horrible allait se passer. "S'il vous plaît, non! Mon Dieu! Mon Dieu!"

«Ne sois pas idiot. Je ne vais pas te faire de mal. Enfin, pas dans le mauvais sens.

Samantha a porté le couteau sur le haut de la robe de Rachel.

Puis elle a coupé, divisant la robe en deux.

Samantha posa le couteau sur une table voisine, puis ouvrit le haut de la robe, exposant les deux seins ronds de Rachel.

"Maintenant tu ressembles à une vraie pute," sourit Samantha. "Maquillage excité, jolis cheveux, talons chers et une robe déchirée qui expose vos vieux seins défoncés. Tous les signes d'une pute. Tu n'es pas d'accord?"

Rachel hocha nerveusement la tête.

"Oui."

"Je suis toujours la règle des dix centimètres. Dites-moi, quelle est la taille du pénis de votre mari?"

"Environ six pouces," admit Rachel.

"Roger mesure douze centimètres, alors j'ajoute dix centimètres supplémentaires. Ce qui fait un total de vingt-deux centimètres."

Samantha a ouvert un autre tiroir pour prendre un gode de 15 cm.

Elle le regarda, étonnée de sa taille.

Puis elle a mis une sangle autour de son entrejambe et a attaché le gode de six pouces.

"Vas-tu mettre ça en moi ?" Rachel a demandé nerveusement.

"Je vais te baiser avec ça," répondit Samantha, appliquant une lubrification à l'objet sexuel. "As-tu déjà eu des relations sexuelles debout ?"

"Ne pas."

"Une autre première fois."

Samantha se tenait devant Rachel.

Ils étaient face à face, distants de quelques centimètres.

Samantha était en sécurité et calme.

Rachel était dans un désordre nerveux.

La tension sexuelle était épaisse dans l'air.

Samantha se pencha en avant et donna à Rachel un gros baiser sur les lèvres.

C'était doux au début.

Puis plus passionné.

Ensuite, il est devenu plus rugueux.

Samantha mordit doucement la lèvre inférieure de Rachel.

Puis ils ont continué à s'embrasser avec leurs langues.

Alors qu'ils s'embrassaient, Samantha baissa les mains et souleva la robe de Rachel.

Puis il guida le bout de sa ceinture sur les lèvres de Rachel.

Rachel écarta les jambes en se tenant debout.

Le gode pointa sa chatte.

"Je vais te pénétrer maintenant," murmura Samantha à l'oreille de Rachel.

"Sois gentil."

"Non," murmura Samantha.

Alors que les deux femmes restaient entrelacées, Samantha donna une forte poussée et entra dans la chatte de Rachel, provoquant un halètement audible.

Samantha a donné une autre poussée et est entrée plus.

L'objet sexuel devenait plus profond.

À un moment donné, l'objet sexuel de vingt-deux centimètres était complètement enfoui dans la chatte.

Rachel gémissait et ses jambes tremblaient.

Samantha a montré sa force physique en saisissant fermement les deux cuisses de Rachel dans les airs.

Rachel était complètement sur le sol, ses mains pendantes à la corde au plafond.

Ses pieds et ses talons s'agitaient sauvagement avec Samantha tenant ses jambes.

"Ne vous battez pas," dit Samantha, tenant la femme au foyer en l'air. "Plus vous vous battez, plus ça fera mal. Rendez-vous à moi."

Samantha se pencha en arrière et donna une autre forte poussée, poussant le gode plus profondément dans sa chatte.

Les mains de Samantha tenaient fermement les jambes de Rachel.

Rachel pendait dans les airs alors que la dominatrice la pénétrait.

Ils baisaient.

Ils se regardèrent dans les yeux.

Rachel pleurait et gémissait.

Mais elle n'a jamais dit à Samantha d'arrêter.

Elle n'osait pas, mais elle ne voulait pas non plus.

Cela faisait partie de l'entraînement, et il a commencé à se sentir agréable alors que son corps s'adaptait à sa taille.

Ses cheveux étaient ébouriffés, tout comme ses pieds.

Il aimait se faire baiser par Samantha.

Son corps était en feu.

Les poignets de Rachel faisaient mal.

La peau autour de ses poignets prenait une teinte rouge foncé alors que son corps était suspendu dans les airs.

Mais la douleur dans ses poignets n'était rien comparée à la sensation que ressentait sa chatte.

Le gros jouet sexuel a stimulé les nerfs à l'intérieur de sa chatte dont elle ignorait l'existence.

Les poussées ont continué.

Elle a crié et hurlé.

Elle a pleuré et pleuré.

Elle gémit et gémit.

"Viens pour moi," dit Samantha, regardant la femme au foyer avec plaisir. "Viens pour moi, sale vieille salope."

Rachel poussa ses hanches.

"Je ne suis pas vieux!"

Un orgasme a traversé son corps.

Rachel a crié à pleins poumons.

Son dos se cambra violemment.

Elle jeta les chaussures à talons hauts à travers la pièce.

Les fluides de la petite chatte de Rachel éclaboussaient partout, laissant un travail sérieux à la femme de ménage.

Lorsque l'orgasme s'est calmé, les yeux de Rachel se sont retournés et son corps s'est détendu.

Samantha relâcha son étreinte et Rachel se pencha dans un état presque évanoui à la corde autour de ses poignets.

Samantha abaissa la corde et le corps semi-conscient de Rachel gisait sur le sol dans une mare de son jus chaud.

Quand Rachel a pu ouvrir les yeux, elle a vu Samantha enlever son corset, se mettant complètement nue.

Rachel ne pouvait s'empêcher d'envie le corps nu parfait de Samantha.

Samantha s'assit par terre et joua avec les cheveux de Rachel.

"Roger a de la chance d'avoir une pute orgasmique comme toi," sourit Samantha totalement nue.

"Je ne suis jamais venu comme ça avant. Jamais."

«Je suis content d'avoir pu vous servir pour ça. Mais souvenez-vous, je suis la dominatrice, vous êtes la soumise. C'est pour mon plaisir, pas pour le vôtre. Et jusqu'à présent, je ne suis pas encore venu.

Rachel haussa un sourcil.

"À quoi tu penses?"

"As-tu déjà mangé une chatte?"

"Ne pas."

«Quelle vierge tu es dans tout. Rampe vers moi. Mets ton visage entre mes jambes.

Rachel a fait ce qu'on lui a dit de faire.

Elle rampa jusqu'à ce que son visage soit à quelques centimètres de sa chatte.

"Embrasse mes lèvres," ordonna Samantha, se référant à son propre vagin. "J'aime qu'ils m'embrassent."

Rachel obéit, embrassant la couche externe de la chatte rasée de Samantha.

"Lèche-le comme un popsicle. Puis mets ta langue à l'intérieur comme si tu n'avais pas mangé depuis des jours."

Rachel a suivi les ordres, léchant sa chatte et testant les fluides extérieurs.

Sa langue sentit chaque point sur ses lèvres.

Puis il a enfoncé sa langue à l'intérieur, léchant et suçant.

C'était la première fois qu'il mangeait une chatte, et il réalisa qu'elle avait bon goût.

"C'est bien," gémit Samantha. "Continuez comme ça. Continuez à lécher comme un bon minou."

La femme au foyer, autrefois sage, primitive et adéquate, était rapidement devenue une mangeuse de vagin experte.

Elle a léché et sucé avec enthousiasme.

Sa langue se caressait de haut en bas.

Quelques instants plus tard, Samantha est venue et a poussé un cri aigu.

Ses jambes tremblaient, puis elle se détendit.

Les yeux de Samantha s'illuminèrent.

"OMG. Qui savait que tu pouvais le faire si naturellement?"

Rachel sourit et posa sa tête sur la cuisse de Samantha.

"Tu sais bien".

"Ça tu crois?" Samantha a demandé de manière rhétorique.

Rachel embrassa la cuisse de la dominatrice.

"Oui."

Les deux femmes ont continué leur moment de réconfort mutuel.

Rachel ferma les yeux et posa sa tête sur la cuisse de la dominatrice.

Samantha regarda la belle femme au foyer et lui caressa les cheveux.

CHAPITRE 14

Des jours après.

Après avoir récupéré ses bagages, Rachel a poussé un chariot avec deux valises à l'intérieur: l'une avec ses vêtements normaux et l'autre celle que Samantha lui avait donnée.

Elle a vu son mari attendre dehors.

De grands sourires ont été rendus.

Roger était heureux de voir sa femme si bien bronzée et détendue.

Il a couru vers Rachel.

Elle arrêta le chariot et lui fit un gros câlin étouffant.

C'était un moment spécial.

Elle voulait que ce jour soit un nouveau départ pour son mariage.

« Tu m'as tellement manqué », dit Roger.

Rachel a mis ses lèvres à son oreille et a chuchoté, "Tu vas me ramener à la maison et m'attacher au lit dans la chambre. Ensuite, tu vas mettre ta bite dans ma gorge. Et puis tu vas me baiser. Compris?"

Il recula un peu pour avoir un bon aperçu de sa femme, étonné de sa langue sale.

Il y avait une étincelle spéciale dans les yeux de Rachel.

Une faim

Luxure.

Roger s'est rendu compte que sa femme était une femme différente.

Roger acquiesça, acceptant l'invitation.

Rachel sourit et l'embrassa.

FIN

ÉCRIVAINE BDSM

PREMIÈRE PARTIE
LA RÉACTION

CHAPITRE I

La plus grande peur de Samantha était que quelqu'un la reconnaisse sur ces photos.

Mais ce problème a été résolu en utilisant un masque fin.

Le masque était petit et ne couvrait que ses yeux et son nez, ce qui était assez bon pour maintenir son anonymat.

Elle a fait différentes poses pour le photographe.

C'était une séance de tournage élégante avec un ton soumis.

Plusieurs cordons nouaient légèrement son petit corps mince, qui était recouvert d'une mince robe noire.

Ses poignets étaient également attachés ensemble et maintenant des photos étaient prises d'elle allongée sur le sol.

C'était une séance d'art par un photographe local semi-célèbre, qui a vendu les portraits dans différentes galeries d'art.

«Tellement très beau», dit le photographe en s'éloignant. "Tourne-toi. Sur le ventre. Bien. Tourne-toi."

C'était le plus amusant que Samantha ait fait depuis longtemps.

Elle s'est retournée comme un chiot esclave.

Puis elle recula.

Il y avait un léger sourire sur son visage, vivant son fantasme.

Le photographe a remarqué le sourire de Samantha, et il a souri en retour, prenant plus de photos dans le processus.

«Je pense que nous avons fini pour aujourd'hui», dit-il en baissant la caméra. "Tu étais excellent."

Elle se leva et marcha vers lui avec ses poignets attachés pointés vers l'avant.

"Je faisais juste ce que tu m'as dit," sourit-il.

Le photographe a délié ses poignets, la libérant enfin de toutes les ficelles de l'esclavage.

Il y avait de petites marques rouges sur ses poignets.

"Désolé pour ça. Peut-être que je les ai mis un peu trop serrés."

Elle secoua la tête et enleva son masque.

«Ne t'inquiète pas pour ça. Je pense que je tirais trop fort. Et les marques vont bientôt s'estomper.

"Fille dure."

"En parlant d'être dur, y a-t-il une chance de travail supplémentaire?"

"Cela dépend", a répondu le photographe. "Il y a une exposition d'art à venir dans quelques semaines. Si vos portraits se vendent, je serais ravi de vous engager pour plus de photos."

Elle a souri.

"J'ai hâte".

CHAPITRE II

Après s'être habillée, Samantha est allée directement dans sa chambre.

Il y avait encore beaucoup de travail scolaire à faire.

Le cours le plus difficile du semestre a été son cours d'écriture créative, axé sur la création d'histoires complètes.

C'était le cours sur lequel il voulait le plus travailler car cela lui donnait un exutoire pour écrire.

Elle adorait écrire.

Et elle voulait devenir un jour romancière.

Plus important encore, cela lui a donné une plate-forme pour commencer à écrire son premier roman sous la tutelle d'un enseignant éminent.

C'était un professeur qu'il admirait profondément bien avant de fréquenter sa classe.

C'était un enseignant qui avait écrit plusieurs livres, que Samantha avait adorés, en les lisant, en grandissant.

Ces vieux livres ont influencé le style d'écriture de Samantha, et elle était enthousiasmée par l'opportunité pour lui de lui apprendre.

Il a terminé d'écrire un croquis d'une page de sa prochaine histoire assis sur son lit.

Il devait l'envoyer au professeur avant sa prochaine réunion.

Après avoir passé des heures à écrire et à réfléchir, l'état de transe de Samantha a été brisé quand elle a frappé sur le mur.

Elle était sa belle colocataire et sa meilleure amie depuis le lycée, vêtue uniquement d'une serviette et avec des cheveux fraîchement séchés après la douche.

«Est-ce que tu écris encore tes trucs? Demanda Vicky.

"Oh bien sûr, je suis toujours dessus."

"Alors, comment sont passées tes photos aujourd'hui?"

Samantha leva les pouces.

"Assez bien."

"J'adorerais voir le nouveau livre."

"Attendez, laissez-moi vérifier si vous me les avez déjà envoyés."

Samantha a rapidement ouvert son compte Gmail et a vu de nouveaux e-mails.

Il y avait un e-mail du photographe qui a ouvert et téléchargé le fichier qu'il contenait.

Il y avait trente-huit images au total.

"Ils le sont déjà, je vous les enverrai immédiatement," dit Samantha. «Et dites-moi ce que vous en pensez. Personnellement, je pense que c'est une très bonne chose. Je l'aime mieux que ce que j'ai fait la dernière fois.

Bien sûr, Samantha appréciait grandement l'opinion de Vicky sur la question, car son amie avait elle-même fait beaucoup de mannequins et prévoyait également de travailler un jour dans l'industrie de la mode en tant que créatrice.

Vicky a laissé tomber la serviette et était nue.

«Je vais y jeter un œil plus tard. Tu t'es déjà douché? Cette fête est dans une heure.

"Oh merde."

Vicky a mis un soutien-gorge.

"C'est un de ces jours, hein?"

Merde, attendez.

Samantha a rapidement ouvert son e-mail et a écrit un message à l'enseignant.

Elle a joint le document Word et l'a ensuite envoyé.

Puis Samantha a ouvert un autre e-mail et a écrit à Vicky un court message.

Elle a joint le fichier avec les trente-huit photos d'esclaves soumis et a envoyé l'e-mail.

Puis Samantha a fermé son ordinateur portable et a sauté du lit.

Elle croisa sa colocataire à moitié nue et entra dans la petite salle de bain, qui était encore un peu humide car Vicky venait de s'en servir.

Il se déshabilla, puis entra dans la cabine de douche en ouvrant le robinet pour faire tomber une cascade d'eau chaude.

Tout en savonnant et en lavant ses cheveux, Samantha a pensé à son prochain projet d'écriture et à sa rencontre avec l'enseignante.

Il réfléchit à la façon dont il lui expliquerait son travail.

Comment elle le présenterait.

Comment allait-il s'exprimer.

Les principaux points qu'il voulait transmettre pour que l'enseignant comprenne ses pensées et, espérons-le, lui fournisse l'approbation et la compréhension dont il avait tant besoin.

Il a également pensé à des choses insignifiantes, comme quoi porter.

Elle voulait avoir l'air élégante, mais audacieuse, sans envoyer non plus les mauvais signaux.

Elle voulait paraître intelligente sans être trop tendue.

Il ne voulait pas non plus paraître trop simple ou trop facile, sinon il perdrait le respect de l'enseignant.

Elle avait besoin de bien paraître.

Peut-être qu'il demanderait à Vicky son avis plus tard sur cette question également.

Samantha éteignit l'eau, sécha ses cheveux et retourna dans la chambre à coucher, où Vicky était déjà habillée, et utilisait son propre ordinateur portable.

"Que pensez-vous des photos?" Demanda Samantha en regardant à l'intérieur de son placard.

"Vous voulez dire votre écriture?"

"Non, à mes photos, évidemment."

"Eh bien, vous m'avez accidentellement envoyé votre lettre," rapporta Vicky. "Ça a l'air plutôt bien. Je ne suis pas très lecteur, mais j'achèterais ce livre si vous l'écrivez."

Samantha se figea.

Ses yeux s'écarquillèrent et son estomac se serra.

Il s'est précipité vers son ordinateur portable et a vérifié son compte Gmail.

Il a vérifié ses courriels envoyés, pour voir le message qu'il avait envoyé au professeur.

Puis il a regardé l'attachement.

"Oh mon Dieu".

Il a couvert sa bouche avec sa main quand il s'est rendu compte qu'il avait accidentellement envoyé au professeur les trente-huit photos de l'esclavage.

"Ma ... vie ... est ... ruinée," gémit Samantha, s'effondrant sur son lit, voulant pleurer dans le processus.

"Merde, tu viens d'envoyer ces photos à ton professeur?" Vicky a ri d'une drôle de façon.

Samantha enfouit son visage dans l'oreiller.

"Je ne veux pas en parler."

"Regarde du bon côté. Si c'est un gars normal, il te donnera probablement un A pour le cours. L'inconvénient est que tu devras probablement lui sucer la bite. Sauf s'il est sexy, alors tu vas vouloir. Tu sais, tout ça thème enseignant / élève. "

"Je le rencontre demain. Mon Dieu, j'espère qu'il ne me dénonce pas pour avoir essayé de faire une demande de sexe ou quelque chose comme ça. Il pourrait être expulsé de l'école."

"Existe-t-il une règle interdisant l'envoi de photos à l'enseignant?" Demanda Vicky.

"Je ne sais pas."

"Et bien, tu t'es douché super vite. Peut-être que tu ne l'as pas encore vu. Pourquoi ne pas l'appeler et lui dire d'éviter de voir ton e-mail?"

Samantha se redressa, les larmes aux yeux.

"Tu est un génie."

Il a cherché dans le programme du cours le numéro de portable du professeur, mais il n'y était pas, contrairement aux autres professeurs.

Le seul plan d'action serait de prier pour que vous ne l'ayez pas encore vu.

Elle a envoyé un autre message d'avertissement à l'avance.

Elle a envoyé un e-mail avec le titre: VEUILLEZ NE PAS OUVRIR L'AUTRE EMAIL

"Professeur,

Je suis Samantha. Nous avons rendez-vous demain matin. Je lui ai envoyé un autre e-mail il y a quelques instants. J'espère sincèrement que vous ne l'avez pas ouvert. Sinon, ne le faites pas. Si oui, je suis vraiment désolé. Ce était un accident.

Ici, je vous envoie mon écriture.

J'espère que cette erreur ne met pas en péril nos relations universitaires. J'ai toujours l'intention de vous voir demain pour discuter du projet d'écriture.

Avec mes meilleurs vœux,

Samantha ».

Puis il a joint le dossier avec l'écriture, vérifiant qu'il allait bien cette fois.

Une fois le message envoyé, Samantha retomba sur le lit.

Elle réalisa que sa serviette avait été ouverte et que son sein gauche était partiellement exposé, mais elle s'en fichait.

Il avait encore une fête à laquelle aller.

Mais je ne savais pas si je pourrais jamais m'amuser à nouveau.

CHAPITRE III

Juste avant la réunion du matin, Samantha s'est installée pour sortir quelques vêtements de son placard.

Pantalon kaki, chemise blanche boutonnée et gilet foncé.

Informel, mais chic.

Ses cheveux étaient attachés en queue de cheval et elle portait un maquillage minimal.

La dernière chose qu'il voulait faire était d'émettre des vibrations érotiques, surtout après cette horrible erreur de courrier électronique, à laquelle le professeur n'a pas non plus pris la peine de répondre.

Elle est allée à son bureau dans le bâtiment des sciences humaines.

Arrivé là-bas, il vit, à travers la porte vitrée, le professeur assis derrière son bureau en train d'utiliser l'ordinateur.

Samantha était légèrement agacée que l'enseignante soit sur son ordinateur et qu'elle ne prenne jamais la peine de lui envoyer un e-mail de réponse.

Eh bien, pensa-t-il, cela lui aurait évité une partie de l'inconfort.

Il frappa à la porte pour attirer son attention.

«Juste à temps», dit le professeur. "Fermez la porte et asseyez-vous."

Le professeur était beaucoup plus âgé qu'elle.

Peut-être avait-il quarante-cinq ou cinquante ans, deux fois son âge.

Il était assez beau, avec un comportement sévère et fort.

Il y avait un air de sagesse en lui, ce qui montrait clairement qu'il était une personne très intelligente.

Il ferma la porte et s'assit sur la chaise en face du bureau du professeur.

Il se redressa dans une posture parfaite, tandis que le sujet du mail lui restait à l'esprit.

Il se demanda s'il l'approcherait ou non.

Jusqu'à présent, cela ne semblait pas être le cas.

Au lieu de cela, l'enseignant a placé un morceau de papier sur le bureau.

C'était une copie imprimée des devoirs de Samantha, avec des notes manuscrites partout.

«Je viens de la vieille école», dit-il. "Je préfère écrire sur papier et commenter avec un stylo. Pouvons-nous commencer maintenant?"

Elle acquiesça.

"Bien sûr."

"J'en viendrai au sujet en question, j'aime vos idées. L'histoire d'une jeune femme qui a trouvé son chemin dans la vie est très récurrente, mais c'est une nouvelle tournure. Si je me souviens bien, le premier jour du cours, vous avez dit que vous vouliez devenir romancier, non? "

Elle acquiesça.

"C'est comme ca."

"Et vous avez dit que vous vouliez en faire votre premier roman que vous espérez publier un jour, est-ce exact aussi?"

"C'est tout à fait correct. Et je ne vous l'ai pas dit, mais je suis en fait un grand fan de vos livres. Ils m'inspirent. Et j'apprécie grandement vos commentaires."

«J'apprécie les paroles aimables», dit-il d'un ton calme. "Je suis là pour vous et pour tous mes autres élèves. C'est pourquoi je suis devenu enseignant, pour transmettre mes connaissances, tout ce que j'ai, pour aider la prochaine génération d'écrivains."

Samantha le regarda avec un mélange d'inquiétude et d'angoisse, comme si elle était profondément humiliée simplement assise là.

"Quelque-chose ne va pas?" demanda le professeur.

Elle a rassemblé son courage.

«Avez-vous vérifié l'e-mail hier soir?»

"De toute évidence, je l'ai fait. Nous discutons de votre mission d'écriture, non?"

Elle se sentait idiote.

"Pas cet e-mail. Je faisais référence à l'autre, tu sais, l'e-mail envoyé par accident. Il y avait une pièce jointe. L'avez-vous téléchargé ?"

"C'est mon travail de regarder ce que les étudiants m'envoient. Alors oui, quand j'ai vu l'attachement, je l'ai ouvert."

«Vous avez vu mes photos? Samantha a demandé de manière rhétorique.

«L'en-tête de votre e-mail était que c'était vos devoirs. Je ne suis pas un lecteur d'esprit, Samantha. Oui, j'ai vu vos photos. Mais ne soyez pas gêné.

Elle poussa un bref soupir de soulagement.

"Alors tu n'es pas déçu de moi ?"

"Pourquoi serais-je ?"

"Parce que son étudiant, qui va dans une université prestigieuse, posera pour des photos comme ça."

"Je ne juge pas les gens pour avoir exploré d'autres voies," répondit-il. "C'est ça la vie, n'est-ce pas ? Découvrir ce que tu aimes, ce que tu n'aimes pas, puis prendre des décisions."

"Je vous remercie."

"Parce que ?"

«Merci de ne pas être un con», dit-il. "Excusez ma langue, mais je suis sûr que d'autres professeurs de cette université m'auraient expulsé. Soit cela, soit ils exigeraient des relations sexuelles orales ou quelque chose comme ça."

"En fait, j'étais sur le point de demander vos services."

Elle était surprise.

"Vraiment ?"

"Je plaisante. Vous avez probablement raison. D'autres enseignants auraient pu interpréter cet e-mail comme une demande sexuelle. Mais je ne suis pas comme les autres enseignants. Je comprends que les gens font des erreurs avec les e-mails."

"Et les photos elles-mêmes?" elle a demandé. "Considérez-vous que c'est une erreur de ma part?"

"Toi oui?"

Samantha s'assit droit et provocant.

"Non, je ne sais pas. Je suis fier des photos qu'ils ont prises de moi. Je pense qu'elles sont belles et artistiques."

"Si c'est ce que vous pensez, qui suis-je pour le juger?"

"Je suis contente que nous ayons résolu ça," répondit-elle soulagée.

«Pourquoi n'intégrez-vous pas cela dans votre roman? Vous avez fait allusion à des thèmes de sexualité pour l'histoire que vous prévoyez d'écrire, alors pourquoi ne pas en incorporer une partie? Vous n'avez pas à entrer dans les détails, mais parlez de votre propre exploration.

"Honnêtement, je ne sais pas si je peux le faire."

"Avez-vous de l'expérience avec le style de vie de ces photos?", A-t-il demandé.

Elle secoua la tête.

"Pas vraiment ".

«Pourquoi pas, si je peux demander?

Samantha réfléchit un instant.

"Je n'ai jamais trouvé quelqu'un en qui je puisse faire confiance. Je veux dire, avoir des relations sexuelles est une chose, mais la soumission en est une autre. J'ai l'impression que c'est beaucoup plus intime et ne devrait être partagé qu'avec la bonne personne."

"C'est pourquoi je t'aime bien. Tu es intelligent, talentueux et fort. Il y a beaucoup d'idiots là-bas. Mais une vraie relation Maître-soumis est basée sur la confiance et l'affection. Le Maître doit respecter le soumis. Il doit y avoir confiance. soumis peut être totalement libre de lâcher prise. "

Un sourire apparut sur son visage.

"Comment savez-vous tout cela?"

"Je n'en parle pas normalement, mais j'ai été maître pour plusieurs femmes de ma vie. Les femmes étaient très soumises et m'ont donné une obéissance totale. En retour, je me suis occupé d'elles, émotionnellement et sexuellement. C'étaient des relations basées sur la confiance et la compréhension mutuelle."

Pendant un moment, Samantha fut stupéfaite.

Elle espérait que le rendez-vous au bureau était douloureusement gênant.

Au lieu de cela, elle a obtenu un professeur sexuellement avancé qui l'a apparemment comprise.

"D'accord," dit-elle. "Je pense qu'il a raison. Il est logique d'incorporer certaines de ces choses dans mon projet d'écriture. Pas tout ce qui concerne l'esclavage, évidemment, mais l'auto-réflexion et la découverte."

L'enseignant a plié le papier.

"Alors maintenant, vous n'aurez pas besoin de toutes mes notes, puisque l'histoire a changé. Mais prenez-les avec vous. Je vous suggère de trouver une nouvelle histoire pour la seconde moitié de votre roman, avec une nouvelle fin. De nombreux étudiants trouvent ce cours en lui-même révélateur. Ils apprennent des choses sur eux-mêmes pendant le processus d'écriture. C'est ce que j'aime enseigner. "

Un sentiment de déception envahit Samantha alors que l'enseignant posait le papier plié devant elle.

«Notre réunion est terminée? elle a demandé.

"Oui. De toute évidence, vous devez changer des parties de votre histoire, donc mes commentaires là-bas sont fondamentalement inutiles."

"Pouvons-nous nous revoir? Je voulais toujours vous parler pour quelques conseils d'écriture."

"Nous pouvons discuter de l'écriture une fois que vous avez traité votre intrigue."

Un nouveau sentiment de confiance et de compréhension envahit Samantha.

C'était comme une épiphanie.

Son amour pour l'esclavage et l'écriture se sont apparemment réunis pour la première fois.

Elle acquiesça.

"Merci pour tout. Tu es le meilleur."

"Pourquoi ai-je le sentiment que vous planifiez quelque chose?"

«Juste mon premier roman», sourit-il.

"Je voulais dire ce que j'ai dit. J'aime le fait que vous soyez prudent avec vos fantasmes et votre corps. Si je peux vous apprendre une chose, ce serait de ne rien faire de stupide avec votre corps. Respectez-vous. C'est la chose la plus importante que je puisse enseigner une jeune femme comme toi. "

À ce moment, Samantha avait des sentiments pour le professeur.

Il le sentit dans son esprit, son cœur et entre ses jambes.

Elle le savait.

Et l'enseignante a réalisé ce qu'elle devait penser.

DEUXIÈME PARTIE
LES IMAGES

CHAPITRE I

Quelques semaines passèrent.

Avec le succès obtenu dans la galerie d'art, la photographe a demandé à Samantha de retourner au studio pour prendre plus de photos, et elle a accepté avec plaisir.

C'était sa chance d'échapper au stress de la vie et de profiter d'un fantasme.

De plus, l'argent que j'obtiendrais était très bien.

En garde-robe, elle portait une petite tenue noire, composée d'un soutien-gorge et d'une culotte en cuir.

Il portait également des bottes noires.

Enfin, et surtout, il portait le petit masque noir.

Dieu interdit que quelqu'un la reconnaisse.

Alors qu'elle enfilait la tenue et le masque, Samantha a ressenti une vague d'excitation alors qu'elle se préparait pour la séance photo.

D'une manière étrange, elle a compris les besoins des toxicomanes.

C'était sa dépendance.

Quelque chose dont il rêvait émotionnellement et physiquement.

Quand elle fut prête, elle entra dans le studio où le photographe préparait son appareil photo.

Les lumières, les accessoires et les décors étaient déjà en place.

Ils avaient leurs conversations et leurs blagues habituelles.

Samantha a exprimé sa gratitude et sa joie que les autres portraits se soient bien vendus.

Le photographe a noté que tout cela était grâce à elle.

"Allons-nous continuer là où nous nous sommes arrêtés?" demanda le photographe en tenant l'appareil photo à la main, avec la lanière autour du cou.

"En fait, j'aimerais essayer quelque chose d'un peu différent aujourd'hui."

Il semblait ouvert à cela.

"Avez-vous quelque chose en tête ?"

"Pas vraiment. Je ne sais pas. Mais je me sens un peu plus aventureux."

Il réfléchit un instant.

"Que diriez-vous de montrer un peu plus de peau? Je sais que vous avez toujours été préoccupé par cela, mais plus de peau aide généralement aux ventes."

Après un bref moment d'hésitation, Samantha a abaissé le côté gauche du soutien-gorge, pour révéler partiellement son petit téton rose.

"Que dire de cela ?" elle a demandé.

Il est resté professionnel à ce sujet.

"On peut le faire comme ça. Bien sûr. Et l'esclavage ? La même chose qu'avant ?"

"Les mains derrière le dos cette fois. Et à genoux. J'aime la vulnérabilité que je vais avoir."

"Y avait-il quelque chose dans votre café aujourd'hui ?" il a plaisanté.

"Pars. La seule chose qui arrive, c'est que je suis une femme avec une idée en tête."

«Quoi que vous disiez. J'aime cette idée. Commençons par ceci. Je vais vous attacher les poignets par derrière.

Le photographe a abaissé l'appareil photo et l'a laissé pendre autour de son cou.

Puis il est allé chercher les cordes.

Samantha se retourna et mit ses mains derrière son dos.

Avant qu'il ne lui attache les cordes, elle l'a arrêté.

"Attends, attends un instant."

Samantha tendit la main et abaissa un peu la partie droite de son soutien-gorge, exposant ses deux petits tétons roses.

Puis elle a rapidement mis ses mains derrière son dos.

"D'accord, maintenant je suis prête," dit-elle.

Le photographe a attaché la corde et fait un nœud, joignant les mains de Samantha.

Cela lui donna une étrange sensation de satisfaction, surtout maintenant que ses tétons étaient exposés.

«Maintenant, nous sommes prêts à passer à autre chose. Donnez-moi une pose. Puisque vous vous sentez aventureux aujourd'hui, je vous laisse improviser. Faites ce que vous voulez.

Samantha a fait face au photographe, qui a fait quelques pas en arrière et a commencé à prendre des photos.

Cela la rendait étrange pour un homme de prendre des photos de ses mamelons nus, alors que ses mains étaient liées.

C'était tellement excitant et elle sentit un bourdonnement entre ses jambes et des picotements à travers ses mamelons.

Il ne pouvait pas faire grand-chose avec ses bras.

Et elle avait l'habitude de recevoir des instructions pendant la modélisation.

Le début était donc un peu gênant.

Peu à peu, elle s'y est habituée, bougeant ses épaules, ses hanches et ses pieds pour former des poses différentes.

Puis il s'est mis à genoux.

Une pose vulnérable.

Il a pris différents clichés sous différents angles.

Elle roula sur le côté.

Il a pris plus de photos.

Elle se retourna, pressant son ventre et ses tétons contre le sol.

Il a pris des photos de ses fesses.

Puis elle roula sur le dos, les mains attachées derrière elle, les tétons pointés vers le haut.

Il a pris plus de photos et a ressenti une poussée d'adrénaline.

Merci à Dieu pour le masque, qui lui a permis de préserver son identité lorsque ces images seraient publiées dans diverses galeries d'art, vues par Dieu sait combien de personnes.

L'exhibitionnisme était une émotion étrange pour elle.

Mais pas autant que la soumission.

CHAPITRE II

Après une brève séance de masturbation dans sa chambre, Samantha s'est lavé les mains et s'est installée dans son lit.

Elle se redressa, le dos contre l'oreiller et l'ordinateur portable sur ses genoux.

Fraîchement sortie de la séance photo, elle était armée de nouvelles émotions et expériences, ce qui était parfait pour un écrivain amateur comme elle.

Il ouvrit le traitement de texte et continua sa mission d'écriture, qui servira également de base à son premier roman.

J'avais déjà fait plusieurs pages.

En écrivant Samantha, elle a rencontré un obstacle.

Il se demanda quelle part de sa vie personnelle il utiliserait.

Il se demande jusqu'où le personnage de l'histoire choisira d'explorer.

Et explorer quoi ?

Le fantasme de Samantha était la soumission sexuelle.

C'est ce qu'elle avait toujours rêvé.

C'est ce qu'elle voulait.

Mais mettre cela dans le livre permettrait à vos amis et à votre famille de connaître vos pensées intérieures, car tout le monde le lirait.

Ils se demanderaient si Samantha écrivait une histoire purement fictive, ou si elle exprimait ses propres souhaits et utilisait le livre comme moyen de communication.

C'était le dilemme de l'écrivain.

Heureusement, elle connaissait l'homme à qui elle pouvait en parler.

Il a ouvert son compte Gmail et a vu qu'il avait deux e-mails.

L'un d'un ami, l'autre du photographe qui venait d'envoyer par e-mail la dernière série d'images qu'ils avaient fait ensemble ce jour-là.

Mais ce n'était pas important pour le moment.

Elle a écrit un message avec un titre direct: Pouvons-nous nous voir?

"Bonjour Professeur,

Je espère que vous êtes bon. Les progrès dans mon travail d'écriture ont été réguliers, mais je suis venu à un obstacle en termes d'histoire.

Plus précisément, je suis aux prises avec la part de ma vie personnelle que je devrais y inclure. Et oui, je fais référence au sujet dont nous avons discuté dans votre bureau il y a quelques semaines. Je suis sûr que vous comprenez ce que je devrais ressentir à ce sujet.

Aide moi s'il te plaît!

Samantha "

Envoyé le message.

Puis elle a lu le courriel de son amie et a envoyé une réponse rapide.

Enfin, il a ouvert l'e-mail du photographe, qui contenait un bref commentaire accompagné d'une pièce jointe, qui contenait un total de soixante-huit images.

Elle a téléchargé le fichier et a brièvement regardé les images.

C'était un peu surréaliste de se voir comme ça.

Les mains attachées dans le dos.

Le masque qui cachait son identité.

Et ses mamelons exposés.

Les photos d'elle sur ses genoux et sur son dos étaient excitantes.

Les amateurs d'art érotique achèteraient certainement ces images lors de la prochaine exposition d'art.

Ils étaient brillamment fabriqués, pensa Samantha.

Il se demanda brièvement s'il devait envoyer ces mêmes photos à l'enseignant.

Peut-être aimerait-il aussi les voir.

Il comprend évidemment les choix de Samantha, qu'elle a profondément appréciés.

De plus, ces images étaient quelque peu pertinentes pour sa mission d'écriture, car c'était une expression de sa propre sexualité et de son exploration.

Samantha a composé un autre e-mail avec un court en-tête et un court message pour l'enseignant.

Il a joint le dossier avec les soixante-huit images que le photographe avait prises de lui ce jour-là.

Il envoyait à son professeur d'autres photos de l'esclavage, mais cette fois, ce serait exprès, pas par accident comme avant.

Son doigt s'attarda un peu sur le bouton «envoyer» dans l'e-mail.

Elle hésita.

Puis il a entièrement supprimé l'e-mail.

Que penserait le professeur si elle lui envoyait une autre série de photos de bondage?

Elle se moquait probablement de lui, pensa-t-elle, considérant qu'il avait dit que l'autre avait été une erreur.

Ou qu'elle essayait désespérément de le séduire.

Un e-mail est arrivé.

C'était une réponse du professeur:

«Bien sûr, demain je suis libre à neuf heures du matin. J'enseigne une autre classe à dix heures du matin donc le temps est limité.

Envoyez-moi votre histoire. Je vais le lire ce soir et nous pourrons en discuter demain.

Professeur "

Les choses bougeaient et les roues étaient en mouvement.

Elle lui a renvoyé un e-mail avec une pièce jointe de son histoire.

Elle se demanda ce qu'il penserait.

CHAPITRE III

Le lendemain matin.

La porte du bureau du professeur était ouverte.

Comme d'habitude, il semblait travailler, regardant quelques papiers sur son bureau.

Samantha s'était habillée de la même manière que lors de leur dernière réunion.

Quelque chose de décontracté, mais de classe. Pas très sexy, pas trop prude.

Elle ne voulait pas envoyer les mauvais signaux, en particulier ce sur quoi ils discuteront.

Après avoir frappé à la porte, le professeur a vu l'élève et l'a invitée à entrer.

Ils ont échangé quelques blagues alors qu'elle était assise en face de lui au bureau.

Bien sûr, ils avaient parlé plusieurs fois en classe, mais une réunion privée était toujours plus spéciale.

«Avez-vous tout lu? elle a demandé.

"Je l'ai fait. Et j'ai vraiment aimé", répondit-il. "Un travail solide. Vous avez un bon talent. Je pense que votre force en tant qu'écrivain est votre réalisme. Il y a une grande profondeur dans les personnages."

La fierté a explosé en Samantha, mais elle a réussi à la contenir.

"Merci. J'y ai beaucoup réfléchi."

"Je suis sûr que vous l'avez fait. En tant que mission d'écriture, c'est probablement un travail de niveau A", at-il expliqué. "Mais vous n'êtes pas satisfait de cela, n'est-ce pas? Vous cherchez à devenir romancier."

"C'est comme ca."

Le professeur a pris quelques papiers.

"Quelques notes que j'ai faites, dont je voulais discuter avec vous. Ce sont des exemples simples pour élargir vos descriptions et histoires parallèles afin que vous puissiez terminer un bon livre. Bien que je ne m'attends pas à ce que vous fassiez cela maintenant. Franchement, si chaque élève me donnait un long roman, je serais englouti lire constamment. "

Samantha a pris les papiers et ses yeux ont lu rapidement les notes.

"C'est incroyable. Merci."

"Il n'y a pas besoin de me remercier."

"Est-ce qu'il fait ça pour tous les étudiants?" elle a demandé.

"Uniquement pour les étudiants qui veulent devenir romanciers et veulent un niveau supplémentaire de critique. Je suis toujours prêt à aider à cet égard."

"As-tu déjà couché avec un étudiant?" demanda-t-il sans détour, sans se soucier des conséquences possibles.

"Pourquoi tu me demandes ça?"

"Je fais des recherches sur les personnages pour mon travail d'écriture."

Il a souri.

"Est-ce vrai? Vous êtes une fille directe, le saviez-vous?"

"Les filles timides ne peuvent pas entrer dans une école comme celle-ci. C'est sûr."

"Vous avez probablement raison à ce sujet."

"Donc quelle est la réponse?"

«Je l'ai fait avec un étudiant il y a quelques années», a-t-il répondu. "Mais gardez à l'esprit que je n'étais pas un harceleur. Je n'ai jamais persécuté sexuellement un étudiant."

«Alors comment est-ce arrivé?

«Disons que nous avions un ami commun et que nous nous sommes rencontrés lors d'une fête. Une soirée échangiste. Nous avions tous les deux des extrémités opposées du même intérêt. Elle était une soumise inconditionnelle. J'étais un Maître expérimenté. Vous pouvez imaginer le reste.

"Intéressant."

"Est-ce que ça va vraiment être dans votre histoire?"

"Probablement," répondit-elle. "Dans mon histoire, la jeune femme noue une relation avec un homme beaucoup plus âgé, qui a beaucoup plus d'expérience dans la vie."

"Beau aussi, j'espère."

"Oh oui."

"En parlant de cela, vous avez mentionné quelque chose dans votre e-mail sur l'intégration de votre vie personnelle dans votre histoire."

Samantha hocha la tête.

"C'est vrai. Mon cœur et mon esprit veulent amener l'histoire dans la même direction. Le fait est que cette direction implique, vous savez, le sexe. La plupart des jeunes passent par cette phase, où ils veulent juste explorer le sexe et ses beauté. Je suppose que c'est pour ça que ça coule dans mon écriture. "

"Et vous craignez que les gens vous jugent en fonction du contenu de votre histoire."

"Exactement. A-t-il vécu la même chose avec ses livres?"

"Bien sûr. Mais c'est différent. Je suis un homme. Vous êtes une jeune femme. La société a des normes différentes pour nous en matière de sexe. Mais si vous cherchez une réponse de ma part à ce sujet, je suis désolé, je ne peux pas vous en donner une. Réponse. Cela doit être le vôtre. C'est votre art, votre histoire, pas la mienne. "

Samantha réfléchit un moment et acquiesça.

"Puis-je te montrer quelque chose?"

"Bien sûr."

"Attends une seconde."

Samantha a pris son téléphone et a fouillé ses photos.

Puis il a remis son téléphone au professeur.

"Celles-ci proviennent d'une séance photo que j'ai faite hier", a-t-il expliqué. "Je vous les ai presque envoyés hier, mais je ne pensais pas que c'était approprié."

Il a passé en revue les images explicites.

"Alors pourquoi pensez-vous que c'est approprié maintenant?"

"Parce que j'apprécie ton opinion. Et je voulais te montrer que j'ai suivi ton conseil de la dernière fois que nous nous sommes rencontrés. Il m'a dit de respecter mon corps. Eh bien, je l'ai fait. Je le fais. Ces poses étaient mon idée. C'est mon fantasme et mon expression sexuelle. comme une jeune femme en bonne santé. "

L'enseignant a de nouveau regardé les photos sur le téléphone.

"Vous ressemblez certainement à une jeune femme en bonne santé."

Il lui rendit le téléphone et Samantha le rangea.

"Puis-je vous poser une question personnelle?"

"Pourquoi pas? Nous sommes déjà devenus personnels."

Elle avala sa salive.

«En tant que Maître, que feriez-vous à votre soumis, si elle était dans cette position? À genoux, les mains liées.

"Une raison particulière pour laquelle tu veux savoir ça?"

"Je suis juste curieux. Cela m'aidera dans mes devoirs d'écriture, car je comprendrais ce qu'un vrai Maître ferait dans cette situation."

Il réfléchit un instant.

Peut-être qu'il pensait à ce qu'il ferait.

Peut-être qu'il se demandait s'il devait le dire ou non.

Samantha ne pouvait pas le dire.

Finalement, le professeur a donné sa réponse:

"J'entraînerais ta gorge."

Elle a été brièvement surprise.

"Je suppose que tu veux dire ..."

"Gorge profonde. Désolé pour la langue, mais c'est ce que je ferais. C'est la chose la plus évidente dans cette position, non? Vous êtes à genoux. Avec les mains liées derrière le dos, vous ne pourrez pas résister à mon entrée par la bouche."

Samantha sentit sa chatte se resserrer.

"Cela a certainement du sens."

"Eh bien, c'est ainsi que vous créez une bonne histoire. Vous imaginez tous les scénarios et ce qui se passerait ensuite. Comment les différents personnages réagiraient dans chaque situation. C'est ainsi que vous devriez penser."

"Je sais."

Il haussa un sourcil.

"Il semble que vous ayez plus de votre histoire complète que vous ne m'avez envoyé par e-mail."

«Je lui ai tout envoyé», dit-il avec une expression enjouée. "J'ai aussi beaucoup d'idées, mais je ne les ai pas encore écrites. Je dois surmonter l'angoisse que les gens connaissent mes pensées."

"Les auteurs ne peuvent pas repousser les limites s'ils sont inquiets de ce que les gens pensent. C'est sûr."

"Avez-vous des conseils pour ça?" Il a demandé d'une voix légèrement aiguë, comme s'il suggérait quelque chose.

"Eh bien, j'ai écrit tous mes romans de la même manière, c'est-à-dire pour produire la meilleure histoire possible que je veux raconter, en espérant que les gens apprécieront de la lire."

"Logique."

"Mais je ne vous le recommanderai pas, étant donné la nature de ce dont nous avons discuté", a-t-il ajouté. "C'est à vous de décider du genre d'histoire que vous voulez raconter, de son honnêteté et de la quantité de sexe que vous voulez inclure."

"Et si je voulais, tu sais, repousser les limites?"

"C'est ta décision. Mais comme je l'ai dit, ne sois pas stupide. Ce monde est plein de gens qui veulent t'utiliser pour le sexe."

«Et si je voulais être utilisé? "

Le professeur la regarda droit dans les yeux.

Elle lui rendit son regard.

Aucun d'eux n'était ignorant.

Ils savaient exactement ce qui se passait dans l'esprit l'un de l'autre.

"Je suis trop vieux pour les jeux, Samantha", a déclaré le professeur. "J'ai déjà été généreux avec mon temps et mes commentaires. Donc, si vous voulez quelque chose de plus de moi, ne jouez pas à des jeux, soyez simplement une femme adulte et dites-le."

Samantha sentit sa poitrine se serrer.

Elle inspira et expira plus fort.

"Voulez-vous m'aider? M'apprendrez-vous?" Il a déjà dit avec confiance.

«Vous apprenez quoi, exactement? demanda-t-il brusquement, comme un professeur réprimandant un mauvais élève pour son imprécision. "Être clair."

«Voudriez-vous être mon maître?

«Ce choix est un cadeau», a-t-il déclaré. "Vous devez choisir judicieusement."

Elle prit une profonde inspiration.

"Est-ce que je viens de faire une horrible erreur? Mon Dieu, je suis un idiot. Je suis vraiment désolé. S'il vous plaît, je vous en supplie, ne laissez pas cela ruiner notre relation universitaire. Je veux vraiment continuer à travailler avec vous."

"Etes-vous bruyant lorsque vous avez des orgasmes?" demanda-t-il sans détour.

"Pardon?"

"C'est une question simple. Je pense que vous m'avez bien entendu."

Elle s'éclaircit la gorge.

"Je suis presque normal. Mais tout dépend, bien sûr, de mon humeur et de ce que je ressens."

"Lève ta chemise, puis lève ton soutien-gorge pour exposer tes mamelons, comme sur ces photos."

C'était le moment de la vérité.

La première fois que Samantha se soumettrait à un homme.

Il souleva sa chemise soigneusement repassée pour révéler son ventre nu.

Puis plus haut pour révéler son soutien-gorge blanc, qui contenait ses seins quelque peu perturbés.

Puis elle a soulevé son soutien-gorge pour révéler ses petits tétons roses.

"Est-ce votre idée de me dominer?" demanda-t-elle, le mettant presque au défi d'en faire plus.

"C'est un début. Voulez-vous aller plus loin?"

"Oui."

"Jouez avec vos mamelons. Pincez. Serrez. J'aimerais voir comment vous faites."

Samantha a obéi au professeur.

Il pinça et serra ses petits mamelons roses alors qu'ils continuaient à se regarder dans les yeux.

"Est-ce mon initiation?" elle a demandé.

"Pas exactement. Pas encore."

Elle a continué à caresser ses seins.

"Ce n'est pas ça?"

"Tout d'abord, je vais devoir voir à quel point vous êtes courageux. Une séance photo est une chose, la vraie vie en est une autre", a-t-il expliqué. "Déboutonnez votre pantalon. Jouez avec votre vagin nu pour moi. Juste là. Orgasme, mais faites-le tranquillement. Ensuite, nous discuterons de la façon de repousser vos limites plus tard."

Elle a commencé à déboutonner son pantalon.

"Je peux gérer ça."

"Est-ce que cela vous met mal à l'aise?"

"C'est un peu bizarre," répondit-elle avec un léger haussement d'épaules. "Mais c'est excitant."

Avec son pantalon déboutonné, elle glissa sa main droite le long de sa culotte et frotta son clitoris.

Ils ont maintenu un contact visuel pendant qu'elle se masturbait, comme si c'était un défi quelconque.

"A quoi tu penses ?" Je demande.

"Veux-tu vraiment savoir ?"

"Bien sûr que oui."

Samantha a continué à jouer avec son clitoris.

"Tous deux font une séance photo ensemble. Une séance de bondage."

"Que ferions-nous ?"

"Tu m'attacherais. Ensuite, tu entraînerais ma gorge."

"Dur ou mou?"

Elle a souri.

"Pourquoi tu ne me le dis pas ?"

"Je suis toujours gentil," répondit-il, regardant son élève se branler pour lui. "Je préfère prendre mon temps et aller lentement. Si je te gobe profondément, ce serait presque romantique, d'une manière étrange. J'irais très lentement. S'assurer que tu peux prendre la bonne quantité. Quand tu es habitué, ça irait un peu plus vite, un un peu plus difficile. "

Samantha frotta son clitoris plus vite en écoutant son professeur parler.

Elle a imaginé le scénario qu'elle a raconté pendant qu'il parlait.

"Oh mon Dieu," haleta-t-il, se frottant plus vite.

"Je pense que vous êtes prêt à être soumis. Et peut-être que j'aimerais être votre Maître."

Samantha haleta à nouveau les mots « oh mon Dieu » quand elle atteignit son apogée.

Il n'y avait ni honte ni ressemblance quand elle est venue, regardant le professeur dans les yeux.

Elle fut presque essoufflée pendant un moment lorsque son corps se tendit puis elle se relâcha.

Elle trembla légèrement quand tout fut fini.

Le professeur s'est levé et s'est dirigé vers l'élève, qui se remettait toujours de l'orgasme.

"Bien joué," dit-il.

L'enseignante a mis le soutien-gorge de Samantha et a poussé ses seins pour couvrir ses mamelons.

Puis il abaissa sa chemise, s'assurant qu'elle était belle et soignée.

Puis il l'aida à boutonner son pantalon.

Quand le professeur a fini d'habiller Samantha, elle avait l'air neuve, avec une expression brillante sur son visage et des doigts légèrement humides.

"Et après?" elle a demandé. "Pour nous."

"Ensuite? J'ai un cours bientôt. Je dois y aller. Et si je ne me trompe pas, tu auras aussi un cours bientôt."

"Je l'ai."

«Voulez-vous que nous nous revoyions?

Elle acquiesça.

"Je le veux."

"Juste pour discuter de ton travail d'écriture?"

Elle hésita, sa voix tremblante.

"Je veux, tu sais, continuer ça. Ma formation. Cette expérience est utile pour mon processus d'écriture."

"Et quoi d'autre?"

Elle savait exactement ce que le professeur voulait entendre.

"Et je pense que c'est très excitant," répondit-elle honnêtement. "C'est mon grand fantasme. Je suis venu pour toi, en pensant à toi. Je veux être ta soumise."

"Lundi. Viens ici, à mon bureau, à sept heures du matin."

"Pourquoi si tot?"

«Au cas où tu crierais accidentellement, je ne veux pas que quiconque l'entende.

Les yeux de Samantha s'écarquillèrent et sa chatte se resserra.

CHAPITRE IV

Au cours du week-end, elle a participé à une autre séance photo avec le même photographe.

Dans la même étude.

Avec les mêmes accessoires.

Les images étaient plus risquées car elle se sentait à l'aise avec sa sexualité et ses préférences soumises.

Elle a demandé que les ficelles soient resserrées.

Elle voulait essayer de ressentir ce que c'était que d'être une vraie soumise.

Et c'est exactement ce qu'elle a fait.

Le résultat final était très érotique, mais fait avec plaisir.

Samantha était à nouveau à genoux, les poignets attachés devant elle et un masque noir sur le visage.

Pendant la séance photo dans toutes les expressions corporelles qu'elle a exécutées, elle dégageait une grande sensualité car elle pensait constamment que le professeur la formait.

De retour dans la chambre, Samantha écrivait sans arrêt et avec une grande intensité sur son ordinateur portable, assise dans sa position d'écriture préférée, sur son lit, le dos contre l'oreiller.

Sa colocataire, Vicky, était allongée dans le lit adjacent, vêtue uniquement d'un T-shirt.

Lorsque Vicky a étiré son corps, sa chatte a été exposée, mais ils étaient tous les deux habitués au corps de l'autre.

"Tout ce que vous faites est d'écrire", a déclaré Vicky. "Vous ne vous ennuyez jamais avec ce truc?"

Samantha a continué à écrire.

"En aucune façon."

"Vous obtiendrez probablement de bonnes notes ce semestre avec tout ce que vous avez écrit. Allez, sortons pour des hamburgers et des smoothies."

"J'ai besoin de surveiller mon alimentation."

"Alors mange juste le hamburger et saute le smoothie."

Samantha fit une pause et regarda sa colocataire.

"Ce n'est pas une mauvaise idée. Ça fait trop longtemps depuis la dernière fois que j'ai mangé un hamburger."

"Mon cadeau. Et je connais exactement l'endroit," dit Vicky en sautant du lit.

Samantha était sur le point de fermer son ordinateur portable quand elle s'est souvenue de quelque chose.

Elle a cherché les photos.

"Attends, puis-je te montrer quelque chose très rapidement ?"

Vicky s'approcha et regarda les images explicites sur l'ordinateur portable.

Images d'une Samantha partiellement nue, à genoux, les poignets attachés et frappant des poses sensuelles.

"Putain de fille," s'exclama Vicky. "Est-ce vraiment toi ?"

"Oui."

"Je n'avais aucune idée que tu pouvais l'être ..."

"Sex symbol?" Samantha a plaisanté. "J'essaye de garder ce côté caché."

Vicky rit.

"Eh bien, quoi que vous fassiez, continuez comme ça. A ce rythme, vous n'aurez même pas besoin d'un diplôme universitaire, vous pourriez être un modèle professionnel."

"Je préfère ma carrière professionnelle actuelle."

«Tout ce qui fonctionne pour toi. En attendant, j'ai faim. Habillons-nous.

Samantha regarda sa colocataire s'approcher du placard et retirer sa chemise, la laissant complètement nue.

Comme d'habitude, Samantha éprouvait un peu d'admiration car Vicky était bénie dans le département des seins, avec de gros seins qui attiraient le regard, mais Samantha essayait de ne pas être jalouse.

Elle se sentait également un peu coupable de ne pas avoir parlé à sa colocataire de la situation avec l'enseignant.

Depuis le lycée, ils étaient toujours honnêtes avec tout, en particulier avec les garçons.

Ils n'ont jamais gardé de secrets l'un pour l'autre.

Mais c'était différent.

Le professeur a fait promettre à Samantha de ne le dire à personne, et Samantha a toujours tenu parole.

Avant de sortir du lit, Samantha a rapidement ouvert son compte Gmail et écrit un message pour son professeur.

Elle a joint la dernière version de son travail d'écriture.

Il a ensuite joint les dernières photos d'esclavage qu'il avait prises ce jour-là.

Expédié.

Samantha rangea l'ordinateur portable et enleva ses vêtements, se déshabillant à côté de sa colocataire.

J'avais un besoin urgent de manger quelque chose de riche en calories.

TROISIÈME PARTIE
LES CORDES

CHAPITRE I

Lorsqu'elle est arrivée lundi matin, Samantha ne se souciait plus de sa tenue ou de son apparence.

Pas comme il l'avait été les autres fois où il avait rencontré le professeur.

Elle avait déjà l'habitude de voir le professeur en privé et s'était déjà masturbée pour lui.

Elle portait un chemisier uni, les cheveux attachés en queue de cheval et un maquillage léger sur son visage.

Il était également trop tôt pour mettre autre chose.

Il y avait aussi les brèves instructions que l'enseignant lui avait envoyées par e-mail la veille.

Il lui a demandé de porter une jupe courte et de ne pas porter de culotte.

Une demande à laquelle elle était impatiente de répondre, même si elle n'avait aucune idée de ce qui allait se passer.

L'enseignant est arrivé au bâtiment à peu près au même moment.

À ce moment de la journée, presque personne n'était là.

Elle portait son sac de bureau habituel, qui contenait généralement son ordinateur portable et ses livres pour la classe, ainsi que les clés en main pour ouvrir la porte de son bureau.

À ce stade, leur relation était devenue décontractée et en se voyant, ils se sont interrogés sur le week-end de l'autre.

Samantha le sentit devenir un peu plus coquette avec lui, et l'enseignant était beaucoup moins sévère qu'en classe.

Le professeur a verrouillé la porte une fois qu'ils sont entrés dans le bureau, ce qui était inhabituel en ce sens qu'il ne l'a jamais gardée verrouillée lorsqu'ils étaient à l'intérieur.

Lorsqu'ils se sont assis l'un en face de l'autre, la conversation a changé.

«J'ai lu votre document», dit-il. "Et j'ai vu vos photos."

Cela la rendait nerveuse pour une raison qu'elle ne pouvait pas expliquer.

Elle essaya de cacher le fait qu'il était brièvement mal à l'aise, car il ne voulait lui montrer aucune sorte de faiblesse.

«Qu'as-tu pensé de tout ça?

"Je pense que votre écriture est solide. La structure de l'histoire est bonne. Grammaire impeccable. Vous avez une grande compréhension de la langue anglaise et j'aime bien que vous variez les descriptions. Plus important encore, l'histoire et les personnages sont bien développés. C'est autobiographique. C'est vivant. J'aime ça. "

À tout autre moment, Samantha aurait été complètement flattée par les compliments qu'elle venait de recevoir d'un professeur qu'elle respectait profondément.

Mais maintenant, alors qu'elle était assise sans culotte, c'était la dernière chose qu'elle avait en tête.

"Qu'as-tu pensé des photos?"

«Vous êtes une belle jeune femme, Samantha,» dit-il. «J'ai toujours pensé ça de toi.

«Tu voulais que je vienne ici à sept heures du matin, quand personne d'autre n'est là. Tu m'as dit de porter une jupe. Et je ne porte pas de culotte non plus.

"Alors, tu es venu ici juste pour être entraîné, c'est ça?"

Elle acquiesça.

"Est-ce que je me ridiculise?"

"Lève-toi et regarde en avant."

Samantha se leva, ajusta sa chemise et sa jupe pour avoir l'air bien, et regarda devant elle.

L'enseignante s'est également levée et s'est approchée d'elle, regardant de près son jeune joli visage, essayant de lire ses expressions faciales.

Les lèvres de Samantha semblèrent se resserrer.

Son corps était tendu et raide, mais il y avait une petite lueur dans ses yeux, comme s'il avait attendu longtemps pour cela.

"Je t'aime vraiment, Samantha," dit-il. "Vous êtes intelligent, motivé, très gentil et beau."

"Merci," dit-elle, presque dans un murmure.

«Je dois vous dire que j'aime être Maître. C'est quelque chose que je prends très au sérieux. Et je donne toujours le plus grand soin à mes serviteurs.

Des serviteurs? Samantha aimait où cela allait.

"Je comprends," répondit-elle.

"Et vous? En raison de notre différence d'âge et de ma position à l'université, nous ne pouvons jamais sortir. Nous ne pouvons jamais revenir de manière romantique. Cela vous dérange-t-il?"

"Je peux garder un secret. Et je suis trop occupé pour avoir un petit ami."

"Alors, douce Samantha cherche un Maître? Par pur besoin sexuel, n'est-ce pas?"

"Je pense que tu le sais déjà," dit-il doucement.

"Avez-vous pensé à ça? Suis-je votre premier Maître? Donne-toi complètement? Je ne vais jamais en deux. Une fois que tu es à moi, je ferai ce que je veux avec toi. Je vais te pousser à tes limites. Mais si tu veux le finir , ce sera fini. "

La chatte de Samantha se serra.

"C'est ce que je recherche. J'ai toujours voulu, tu sais, être soumis. Et je veux être avec toi."

"Pourquoi moi?" Il a demandé.

Elle était nerveuse.

"D'après votre expérience avec cela. J'adore que vous soyez si prudent. Et j'aime votre façon de penser. Qui vous êtes. J'aime tout le thème enseignant-élève. J'aime le pouvoir d'autorité que vous avez sur moi."

"Soulevez votre jupe."

Samantha a soulevé sa jupe pour révéler sa chatte rasée et ses fesses nues.

Elle était nerveuse et ses mains tremblaient légèrement en tenant sa jupe.

"Vous êtes plus belle en personne que sur les photos", a-t-il déclaré.

"Je vous remercie."

"Maintenant, penchez-vous. Mettez vos mains sur mon bureau. Ouvrez vos jambes."

Samantha obéit.

"Que vas-tu faire?"

"Je vais vous rendre une grande faveur. Ceci est pour votre travail d'écriture. J'aime où va votre histoire. Mais vous avez quelques choses à apprendre. Si vous voulez écrire correctement sur un voyage sexuel, alors en tant que professeur, j'aimerais que vous le fassiez. expérience de première main. "

La chatte de Samantha se tordit alors qu'elle maintenait sa position sur le bureau.

Il garda les yeux droit devant lui pendant que le professeur fouillait son sac de bureau.

Je n'avais aucune idée de ce que je cherchais et je ne voulais pas non plus chercher.

J'avais trop peur pour regarder.

Elle voulait simplement laisser les choses progresser.

Ses mains ont commencé à frotter ses fesses lisses et ses cuisses toniques.

«Quelles belles jambes», nota-t-il. «Je vais mettre un bouchon sur tes fesses. As-tu déjà ressenti un de ceux-là avant?

"Non. Pensez-vous que je l'aimerai ?

"Si vous vous détendez et faites ce que je vous dis, vous apprécierez beaucoup de choses."

Le professeur a pétri ses fesses comme si c'était de la pâte.

Serrer fort et masser.

Quand il a écarté ses fesses, Samantha s'est sentie très exposée.

Elle savait qu'il regardait profondément dans son anus.

Puis il l'a relâché.

« Cela peut sembler un peu froid », dit-il, ouvrant un lubrifiant.

Le corps de Samantha sursauta alors que le professeur touchait son anus avec ses doigts lubrifiés, mais elle reprit rapidement le contrôle, se tenant immobile.

Les doigts ont encerclé son anus avant de pousser, couvrant son rectum avec le lubrifiant anal.

"Tu aimes le sexe anal?" Je demande.

"Oh ouais. Mais seulement si je suis de bonne humeur. Comme tu peux le voir, je suis un peu serré là-bas."

"C'est comme ça. Maintenant, détends-toi, ça va te sembler un peu gênant au début, mais tu t'y habitueras. Je te le promets."

Après avoir éloigné son doigt, le professeur a pressé un bouchon contre l'anneau anus de Samantha.

C'était quatre pouces.

Gérable pour toute jeune femme.

Il poussa doucement et le bouchon passa par l'anneau de son anus, grâce au lubrifiant.

Le corps de Samantha se tordit et haleta, mais elle garda son calme.

Elle l'a poussé jusqu'à ce qu'il soit complètement à l'intérieur.

Le bouchon arrière a été conçu pour s'adapter à quatre pouces, puis a été arrêté par une surface plane, afin que Samantha puisse s'asseoir plus tard sans trop de problèmes.

« Maintenant, je vais insérer quelque chose dans votre vagin », dit-il. "Un petit vibromasseur que je suis le seul à pouvoir contrôler".

Samantha secoua ses fesses.

"Je suis à votre merci."

"Bonne fille."

Le professeur fouilla dans son sac de bureau et en sortit un petit vibromasseur d'environ six pouces, qui avait des sangles pour l'attacher.

Il écarta les fines lèvres brunes de Samantha, révélant son ouverture rose.

Elle était mouillée, alors il savait qu'elle était excitée.

Puis il pressa le vibromasseur contre son trou humide et poussa.

L'entrée était facile, d'autant plus que les jambes de Samantha étaient ouvertes et que son sexe était excité.

Pouce par pouce, le vibromasseur s'est frayé un chemin dans la chatte de Samantha.

Elle posa sa main sur la table, appréciant la sensation de l'entrée, et apprécia également le fait que c'était le professeur qui l'avait fait.

Une fois le petit vibrateur complètement inséré, l'enseignant a attaché les sangles autour des jambes et du dos de Samantha, jusqu'à ce que le vibrateur soit complètement sécurisé.

«Peu importe à quel point cette petite chose vibre, je ne vais nulle part. Elle pensait

«Maintenant, asseyez-vous», dit le professeur.

Samantha se redressa, redressa sa jupe et se rassit sur le siège devant le bureau.

C'était un peu gênant comme je m'y attendais.

C'était la première fois qu'il portait un plug anal et c'était étrange de s'asseoir.

Son rectum était étiré et il sentait que ses fesses lui faisaient déjà mal.

Le vibromasseur attaché à l'intérieur de sa chatte était également une sensation étrange.

Je n'ai jamais rien ressenti de tel auparavant.

Habituellement, quand quelque chose de cette forme et de cette taille était dans sa chatte, Samantha était sur le dos, ou à quatre pattes, sans s'asseoir.

Combiné, le sentiment était surréaliste.

Ses deux trous étaient remplis de sextoys.

Et c'était pour une raison.

Aussi inconfortable que cela puisse être, c'était aussi excitant sexuellement.

«Ensuite, je vais vous attacher à la chaise,» dit-il.

Elle avala sa salive.

"Je peux gérer ça."

Le professeur était fidèle à sa parole.

À l'intérieur de son sac de bureau, il y avait des cordons bleus qui semblaient avoir une texture lisse.

Lorsque le poignet gauche de Samantha a été attaché à la chaise, elle a vu qu'elle avait raison.

La corde était douce contre sa précieuse peau.

Le nœud de l'enseignant semblait professionnel et correct.

Et il l'a fait avec une pression parfaite.

Le même processus a été répété avec son poignet droit.

Puis vint ses chevilles.

Elle a regardé l'enseignante répéter habilement le processus avec chacune de ses chevilles.

Elle le regarda et s'émerveilla de ses capacités.

Il était certainement un Maître expérimenté, surtout en ce qui concerne les cordes, pensa-t-il.

Pas étonnant que le professeur comprenne si bien les photos de bondage de Samantha, puisqu'il avait exactement le même fétiche, pensa-t-il.

Quand ce fut fini, Samantha était complètement attachée à la chaise, avec des jouets sexuels sur les fesses et le vagin.

C'était une autre sorte d'euphorie que de participer à une séance photo.

C'était la vraie vie.

Et il était complètement à la merci de son professeur, qu'il admirait profondément.

Il se pencha en arrière, ses fesses contre son bureau, regardant son travail.

Samantha attachée au siège.

"Je souhaite que vous puissiez vous voir", a déclaré le professeur. "Si beau, si impuissant. Le spectacle parfait de soumission."

Elle acquiesça.

"Merci a toi."

"Est-ce ce à quoi vous vous attendiez ? Comment vous sentez-vous ? Le regrettez-vous ? Est-ce humiliant ? Dites-moi et soyez précis."

Elle rassembla ses pensées.

"Je me sens en vie. Comme si je suis en sécurité avec toi. Parce que je sais que tu ne me ferais jamais de mal. Il y a un réconfort là-dedans. Et j'aime être sous ton contrôle. Ton contrôle sexuel. Me donner à toi. Je ne sais pas si je pourrais jamais l'expliquer complètement. mais c'est ce que je ressens. "

«Ça y est», nota-t-il. «Ce sont les pensées auxquelles vous devez penser pour devenir un jour un grand romancier. Vous devenez une femme en harmonie avec vous-même.

"Je veux aussi le ressentir."

«J'ai une longueur d'avance sur vous», dit-il en brandissant un petit appareil. "Ces boutons contrôlent le vibreur en vous. Ce qui signifie que je contrôle maintenant votre corps et votre esprit. Voulez-vous toujours vivre le style de vie dont vous rêvez depuis si longtemps ?"

"Ouais ..."

Dès que ces mots s'échappèrent de ses lèvres, le professeur appuya sur un bouton qui déclencha le vibrateur.

Le corps entier de Samantha trembla et son visage grimaça.

Ses bras tiraient involontairement sur les cordes quand elle tirait, mais en vain, les cordes étaient trop fortes.

"Ce n'est que la première étape", a-t-il déclaré.

Le sextoy a continué à vibrer dans sa chatte.

"Oh, mon Dieu, ça fait ... Je n'ai jamais utilisé un vibromasseur comme celui-ci avant. C'est tellement ..."

L'enseignant a regardé l'élève se tortiller soigneusement tout en appuyant sur un autre bouton, augmentant la puissance du vibrateur d'un cran.

Samantha semblait essoufflée quand ses yeux s'écarquillèrent et que sa bouche forma un O.

Il sembla être momentanément essoufflé alors que le vibrateur faisait sa magie.

"C'est l'essence même de la soumission", a déclaré le professeur. "Je suis en contrôle total. Vous êtes complètement perdu. Et il est de mon devoir de vous faire jouir. Maintenant, vous n'avez plus à vous demander ce que c'est. Vous en faites l'expérience de première main, n'est-ce pas?"

Elle a eu du mal à parler.

"Ouais ..."

"Voudriez-vous avoir un orgasme?"

Elle acquiesça.

"Ouais ..."

Sa voix s'éteignit alors que la vibration devenait écrasante.

Puis le professeur a appuyé sur l'interrupteur qui a amené le vibrateur au niveau le plus élevé.

Cela fit trembler tout le corps de Samantha et ses mains se crispèrent.

Ses fesses étaient involontairement pressées contre le bouchon de ses fesses.

Ses yeux se fermèrent et il gémit bruyamment.

Lorsque Samantha a pleuré et crié, le professeur a abaissé le vibrateur au premier cran et Samantha a pu se calmer.

«Vous êtes trop bruyant», dit le professeur. "Nous pourrions être attrapés si vous hurlez comme ça."

"Je suis vraiment désolée," répondit-elle, respirant fort alors que le jouet sexuel bourdonnait toujours dans sa chatte. "C'était tellement intense. Je n'ai jamais rien ressenti de tel auparavant."

"Mais tu veux toujours atteindre l'orgasme, n'est-ce pas?"

Elle hocha la tête comme un mignon petit chiot.

"Bien sûr que oui."

«Alors je vais devoir te bâillonner d'une manière ou d'une autre. Une suggestion de ce que je peux mettre dans ta bouche, pour te garder tranquille?

C'était une question rhétorique.

Ils le savaient tous les deux.

Samantha était assez intelligente pour comprendre ce que le professeur suggérait.

Et elle l'aimait aussi, de tout son cœur.

"Ta bite".

Il a souri.

"Juste pour te garder tranquille? Ou veux-tu que j'entraîne ta bouche?"

"Je veux être entraîné. Gorge profonde, tout comme je fantasmais."

"Bonne fille."

Le professeur posa la télécommande et commença à déboutonner son pantalon.

Samantha regarda avec des yeux anxieux le professeur se libérer.

Elle a noté qu'il était presque complètement érigé et que sa taille était assez impressionnante.

Cela ne faisait que l'exciter davantage.

Il s'avança, sa bite se balançant devant le visage de Samantha, la télécommande à nouveau en main.

«Je vais mettre ma bite dans ta bouche», dit-il. "Tu vas la sucer. Et tu vas aller jusqu'à la gorge profonde. En même temps, je vais te faire jouir avec le vibromasseur. Tu me comprends?"

"Oui," acquiesça-t-il.

Souvenez-vous de ce sentiment. Utilisez ce sentiment pour votre écriture. Peut-être que vous allez l'adorer. Peut-être que vous le détestez. Mais au moins vous avez essayé. "

"Je le veux. Plus que tout."

Sur ce, le professeur guida sa queue vers le visage de Samantha.

Elle ouvrit la bouche et l'accepta.

Il se glissa entre ses lèvres et elle enroula ses lèvres autour de lui, le suçant.

Le professeur haleta.

«Tu as la bouche d'un ange», nota-t-il. "Continuez à sucer."

Et Samantha l'a fait.

Elle suça et secoua la tête du mieux qu'elle put.

Tout ce qu'il pouvait faire était de bouger son cou d'avant en arrière.

Elle a travaillé avec ses lèvres et sa langue.

Elle lui a fourni une bonne succion et a tourné sa langue autour du bout de son érection.

C'était quelque chose qu'elle savait que les hommes aimaient absolument.

Et elle adorait le faire.

Il aimait aussi sentir sa bite se durcir dans sa bouche.

"Détendez-vous," dit-il. "Je vais aller plus loin. Ne combattez pas ça."

Le professeur posa une main sur le dessus de la tête de Samantha, puis la poussa doucement, prenant son sexe plus profondément.

Elle s'étrangla un peu, puis il recula.

Maintenant, il connaissait les limites orales de Samantha.

La fille avait un réflexe nauséeux standard.

Il retourna à l'intérieur, seulement là où se trouvait le reflet de la nausée de Samantha, et c'était aussi loin que ça allait.

Il voulait entraîner sa gorge sexuellement, pas la faire vomir.

«C'est maintenant que je vais vous faire venir», dit-il. "Détendez votre corps. Vous êtes maintenant sous mon contrôle."

Le professeur appuya sur le bouton et le vibreur revint au cran le plus élevé.

Samantha se tortilla sur le siège traitée comme une esclave.

Ses fesses resserrèrent à nouveau le plug sur son petit trou.

Ses yeux devinrent humides.

Ses mains formaient des nœuds serrés.

Ses doigts se resserrèrent à l'intérieur de ses chaussures.

Le petit bureau était rempli du son du petit mais puissant vibromasseur, travaillant sa magie à l'intérieur de la chatte humide de Samantha.

Il y avait aussi des bruits de nausée et des cris étouffés dans la bouche de Samantha.

Des sons obscènes de succion et de sirotage.

"Continuez à sucer," dit-il. "Vous pouvez faire les deux. Sucer et avoir votre orgasme en même temps."

Samantha s'est recentrée sur la succion de la bite du professeur.

Peut-être que cela supprimera les sentiments extrêmes dans sa région inférieure, pensa-t-il.

Elle a fait de son mieux pour bouger sa langue autour du membre, mais c'était difficile car la bite était à sa gorge.

Il a également essayé de travailler ses lèvres du mieux qu'il pouvait.

Elle n'avait jamais eu de gorge profonde avec un garçon auparavant, c'était donc une expérience d'apprentissage inhabituelle pour elle.

Au fur et à mesure qu'elle suçait, les sensations dans sa chatte devinrent une intensité puissante.

La pression grandissait et augmentait.

Il en a été de même pour la douleur des vibrations prolongées, ainsi que la douleur dans son rectum et la douleur à l'endroit où ses membres étaient liés.

Elle émit un son étouffé pour sa queue.

"Êtes-vous près de jouir?"

Ses yeux larmoyants regardaient le professeur.

Avec des yeux de chiot.

Elle hocha légèrement la tête, du mieux qu'elle put, sans blesser la bite du professeur.

Le professeur sourit.

"Viens pour moi, chérie. Détends-toi et laisse faire."

Samantha ferma les yeux et se concentra sur la succion de sa bite, qui était dans sa gorge, avec les sentiments puissants dans sa région inférieure.

Effectivement, l'orgasme est venu.

Maintenant, il ne pouvait plus tenir la prise de ses poings et de ses orteils.

Ses muscles se détendaient.

Son corps lui faisait mal.

Elle sentit une puissante libération dans sa chatte.

La pression a atteint son paroxysme et l'orgasme est allé au-delà des mots.

Quand il est arrivé, il s'est senti gicler.

Des fluides jaillissaient de sa chatte, couvrant le vibromasseur et faisant un désordre de l'endroit où elle était assise.

Normalement, elle serait terrifiée par le désordre qu'elle faisait dans sa jupe, car elle devrait parcourir les couloirs et traverser le campus avec cette tache d'orgasme.

Mais ce n'était pas un moment normal, pas à ce moment-là.

Tout ce qui l'intéressait était ce sentiment intense.

Rien d'autre n'avait d'importance.

Baiser la jupe mouillée.

C'était l'orgasme le plus incroyable de toute sa vie.

Elle respirait fortement les yeux fermés.

Puis il se détendit et soupira.

C'est alors que le professeur sut qu'il venait de finir de jouir.

Il n'y avait plus de raison de déranger Samantha, alors elle éteignit le vibreur.

«C'était magnifique», dit-il. "Mais maintenant c'est mon tour. As-tu encore de l'énergie?"

Il leva les yeux et acquiesça, ses yeux arrachés de l'orgasme qu'il venait de ressentir.

Le professeur secoua ses hanches.

Pour l'acte final, il voulait baiser sa bouche et sa gorge, et c'est exactement ce qu'il faisait.

Elle a continué à sucer.

Lorsque son énergie est revenue, il a recommencé à travailler avec sa langue, avec ses lèvres.

«Avalez-le», dit-il.

Il tenait la tête de Samantha immobile d'une main, et de l'autre main, caressait furieusement le membre de sa bite dure et furieuse, tandis que le bout de son érection était dans la bouche chaude de Samantha.

Samantha était fière d'avoir pu rendre le professeur si dur, et cela a fonctionné.

Cela la faisait se sentir sexy, désirable et voulue par lui.

L'orgasme a explosé dans la bouche de l'élève.

Flux après flux de sperme est entré dans la bouche de Samantha, sa langue et sa gorge.

À chaque giclée de sperme, Samantha déglutit.

C'était quelque chose qu'elle aimait faire, surtout maintenant pour l'homme qui venait de lui donner cet orgasme mémorable.

Elle appréciait le goût et la texture de son sperme.

Il le goûta dans sa bouche.

Il le tourna avec sa langue.

Ce n'était pas quelque chose qu'elle oublierait de sitôt.

Elle a continué à sucer jusqu'à ce que tout sorte.

Puis, lorsque le sperme s'est arrêté, il a tourné sa langue autour de la tête de sa queue et léché l'ouverture.

Lorsque la bite est devenue molle, elle l'a laissée tomber de sa bouche et lui a embrassé la tête au revoir dans le processus.

Samantha regarda son professeur, qui la regardait.

Leurs yeux se rencontrèrent.

Il y avait une compréhension subtile entre eux.

Ils savaient ce que l'autre pensait.

Samantha était une fille soumise qui a finalement pu vivre son fantasme.

Et le professeur était un homme qui pouvait apprécier son amour pour la formation des femmes.

«C'est l'expérience d'être soumise», dit-elle. "Maintenant tu sais. Fais ce que tu veux avec cette connaissance."

"J'ai adoré. Chaque seconde," soupira-t-elle et prit un moment pour retrouver son calme.

«Je suis heureux que tu aies vécu ce que tu voulais. Si tu es une bonne fille, nous pouvons recommencer.

Elle lui fit un tendre sourire:

"Mieux. Parce que j'écris un long roman."

Lorsque le professeur a détaché les poignets de l'élève, il l'a embrassée doucement sur le front.

C'était un Maître compatissant.

Et Samantha était une soumise très curieuse et tenace.

Bien sûr, ils le referaient, pensa-t-il.

FIN

BIBLIOTHÉCAIRE BDSM

"Mademoiselle, seriez-vous assez aimable pour me montrer où sont les livres érotiques?" dit une voix masculine derrière moi.

Je me figeai, mes doigts bloqués sur mon clavier d'ordinateur.

Pendant un instant, je fermai les yeux et déglutis difficilement.

J'ai senti les muscles bas en moi se resserrer.

J'ai senti mes mamelons durcir contre le satin de mon soutien-gorge.

Ce n'étaient pas ses mots, c'était sa voix.

C'est ce qu'il m'a fait.

J'ai continué à l'écouter même maintenant qu'il était silencieux, et j'ai été réveillé par le besoin de libération.

C'était très lisse.

Comme des truffes au chocolat blanc, ma panacée, glissant dans ma gorge.

Profond, comme quand je ...

J'ai inhalé, libérant lentement mon souffle, mes doigts se courbant maintenant alors que j'essayais de garder mon équilibre.

"Je serais heureux de vous aider, monsieur."

Je laissai échapper un halètement doux, mais audible, et un gémissement sans équivoque.

Quand je me suis retourné, j'ai entendu ma propre respiration aiguë.

Il se tenait de l'autre côté de la réception, les lunettes de soleil toujours posées, ses lèvres fermes tremblant légèrement.

J'ai réalisé que je voulais sourire.

J'ai tracé les lignes de sa moustache rouge et de sa barbiche avec mes yeux, ma langue sortant pour lécher ma lèvre inférieure alors que j'essayais de résister au mouvement.

"Des livres érotiques, mademoiselle?"

J'ai levé les yeux, imaginant quelles idées lui traversaient la tête.

"Oui monsieur, de cette façon."

Je fis le tour du comptoir, mes genoux tremblant un peu.

Je m'arrêtai pour retrouver mon équilibre, me maudissant d'avoir porté les chaussures noires à talons hauts aujourd'hui.

Ce serait l'enfer de descendre les escaliers jusqu'au rez-de-chaussée.

J'ai senti la chaleur de son corps derrière moi alors que nous nous dirigions vers la section de référence.

J'ai gardé mes mains fixées sur mes côtés, voulant l'atteindre.

Vouloir être à sa place derrière lui, le laisser me guider.

Mais j'ai gardé mon sang-froid professionnel et j'ai continué à parcourir les racks encyclopédiques.

"Mesdames d'abord", at-il dit une fois que nous avons atteint l'accès qui a conduit au rez-de-chaussée.

J'ai roulé des yeux, sachant que je ne pouvais pas les voir.

Mais une partie de moi aurait souhaité qu'il en ait.

J'ai étouffé un petit rire et attrapé le rail, entamant la lente descente.

Je pourrais être une mauvaise fille quand je voulais.

"Y avait-il quelque chose de spécial que vous cherchiez, monsieur?"

"La section romance érotique. J'ai écrit le nom que je cherche sur papier. Voyons si je peux le trouver."

Nous avions atteint le fond sans accident, même si mon talon s'était accroché deux fois au bord des marches métalliques étroites.

"Neuf ou d'occasion, monsieur? Le reste des nouveaux livres de poche sont également stockés ici. Nous ne les gardons à l'étage que pendant quelques mois."

"Nouveau, mieux."

"Ensuite, nous devrons suivre cette voie", dis-je en tournant à gauche et en me dirigeant vers un couloir faiblement éclairé, mon rythme cardiaque augmentant à chaque pas.

Sa respiration devint plus lourde lorsqu'elle me suivit.

Nos chaussures claquèrent sur le sous-sol, le son étouffé par les étagères à livres autour de nous.

Au-dessus de nous, une lumière bourdonnait et clignait des yeux.

J'ai fait une note mentale pour signaler l'ampoule défectueuse.

"Quel était le nom du livre?"

"Je n'arrive pas à trouver ma note. Mais l'auteur a commencé par E et son nom de famille était Sanders, Erika? Elle connaîtrait le titre si elle le voyait."

J'ai montré un ensemble d'étagères à travers la pièce.

"Il vaudrait donc mieux commencer par là."

"Après vous avoir manqué."

Je sentis sa main sur le bas de mon dos alors que nous approchions de la bonne section.

Je fermai brièvement les yeux, voulant gémir.

Cela faisait longtemps que je n'avais pas senti son contact, même si ce n'était que tôt ce matin.

À travers mon chemisier, je pouvais sentir la chaleur de sa peau brûler la mienne.

«Puis-je vous aider à regarder si vous pouviez me donner un indice. Un mot peut-être?

"Le sexe. Je pense que cela avait quelque chose à voir avec le sexe."

Sa voix était un murmure bas contre mon oreille.

Puis il se serra contre moi, me poussant vers un petit bureau au fond du couloir.

Quand je n'ai pas pu aller plus loin, la pression sur mon bas du dos a augmenté et je me suis penché en avant.

"Mais mon intérêt pour la lecture diminue en ce moment. Je préfère en faire l'expérience."

Je haletai, agrippant le bord du bureau pour me stabiliser.

Mes seins claquèrent dans le toit dur et froid.

Je gémis en sentant son excitation à travers son pantalon et ma jupe alors qu'il se frottait lentement contre moi par derrière.

Je déglutis difficilement alors que sa main glissa plus au sud, caressant mon derrière.

Tenir la jupe.

Tirant ma culotte jusqu'à mes genoux.

Lorsque ses doigts effleurèrent ma chatte, pressant entre mes lèvres gonflées, je gémis bruyamment.

"Shh"

Il a continué à me caresser si lentement que c'était exaspérant.

Son autre main jouait avec mes cheveux, lâchant le chignon qu'il m'avait méticuleusement mis ce matin.

Je mordis ma lèvre inférieure et posai ma joue sur le bureau.

Je gémis à nouveau quand sa main disparut d'entre mes jambes.

"Soyez une bonne fille. Ne bougez pas."

Je l'ai entendu déboutonner sa ceinture et dézipper son pantalon.

J'ai entendu son doux soupir alors qu'il libérait probablement sa bite des confins de son slip.

J'ai entendu mon propre cœur battre follement à mes oreilles.

"Maintenant, souvenez-vous, mademoiselle, nous sommes dans une bibliothèque. J'ai entendu dire qu'il y avait des règles strictes pour faire du bruit. Et la punition pour avoir enfreint ces règles ... eh bien, je suis sûr que vous savez quels sont les devoirs de bibliothécaire et tout ça. "

Ses doigts caressèrent à nouveau ma chatte.

Mais quelque chose n'allait pas.

Il agrippait également mes hanches des deux mains.

J'ai gémi de joie en réalisant que c'était sa bite qui me frottait là.

Un grand bruit de craquement retentit alors qu'il toucha mon fond nu, me faisant sursauter et crier.

"Je vous ai posé une question, mademoiselle."

"Je-je suis désolé, monsieur."

"Êtes-vous excité?"

"Oui monsieur."

Il se pressa en avant, son sexe pénétrant très légèrement alors qu'il balançait ses hanches d'un côté à l'autre.

J'écartai les jambes aussi largement que possible, ma culotte rapprochant toujours mes genoux.

Une fois complètement à l'intérieur de moi, il a déplacé une main vers le bas de mon dos.

Il enroula mes cheveux lâches autour de son autre main et tira.

J'ai crié et j'ai regardé le mur gris froid.

Il l'avait si grande en moi, m'étirant largement.

Il haletait en entrant et en partant sans hâte.

Il a encore frappé mes fesses, puis s'est penché à nouveau sur le bureau.

"C'est une bonne fille. Agréable et serrée. Très mouillée. Comme ton seigneur aime."

J'ai gémi, mon corps le suppliant de me faire jouir.

Encore une fois, je me suis balancé contre lui, suivant son rythme.

Cela m'a valu un autre succès.

"Ne bouge pas, Petite. Je baise avec toi. Tu auras ta chance plus tard. Et tais-toi."

J'ai essayé de ne pas faire de bruit.

J'ai essayé très fort.

Je savais qu'il y avait d'autres personnes dans la bibliothèque, mais personne ne descendait au sous-sol.

Mais de tous les jours où quelqu'un se promène ici, aujourd'hui pourrait être le jour.

Et pourtant, je souhaitais aussi que quelqu'un nous trouve en train de baiser pour que je puisse embrasser ce petit peu d'exhibitionnisme caché quelque part en moi.

Cependant, quand il a plongé et s'est retiré, tirant sur mes cheveux, je n'ai pas pu m'empêcher de gémir et de haleter.

Hurlant quand il a décidé de me frapper.

Cela m'a pris plusieurs longues minutes.

C'était si bon.

Cependant, sous cet angle, il n'a pas pu atteindre l'orgasme.

Et il le savait.

Il a relâché mon dos, attrapant toujours mes cheveux et m'a frappé les fesses.

Fort.

Il siffla dans sa voix quand il demanda:

"Tu aimes ça, bébé?"

Grognai-je.

"Oui monsieur! J'aime bien"

"Oui, quoi, petit?"

Ça m'a encore frappé.

Les sons aigus et la brève douleur alors que sa main se connectait contre ma peau nue rivalisaient avec mes cris.

D'autant qu'il continuait de pousser sa grosse bite dans ma chatte.

Je ne pouvais pas penser.

Je ne pouvais pas parler.

"J'attends."

Un autre coup.

"Si j'aime!" J'ai haleté.

"Bonne fille."

Sa main libre glissa sous moi et caressa mon clitoris.

J'ai crié alors que mon corps tremblait.

Mais ce n'était pas assez long.

Sa main a disparu et il s'est soudainement retiré complètement.

"Lève-toi, Petite, et retourne-toi."

Mes jambes étaient engourdies alors que j'obéissais.

J'ai appuyé mes fesses contre le bureau pendant un moment, mais il m'a immédiatement redressé, grimaçant.

Je ne pensais pas pouvoir rester assis quelques heures.

"Déshabille-toi."

J'ai ouvert la bouche, mais je l'ai fermée quand je l'ai vu pencher la tête vers le bas et me regarder par-dessus le bord de ses lunettes de soleil.

J'ai déboutonné ma jupe et l'ai glissée vers le bas, tirant ma culotte vers le bas.

J'ai déboutonné mon chemisier, l'ai enlevé et j'ai ajouté mon soutien-gorge à la pile croissante sur le sol.

Il me regarda avec un sourire sur les lèvres, sa langue sortant chaque fois que cela révélait plus de ma peau.

Puis il a desserré sa cravate et l'a libérée.

Il a entouré son doigt en l'air.

Je me retournai une fois de plus.

Silencieusement, il a pris mes mains, les tirant derrière mon dos et les attachant avec sa cravate.

Puis il me serra l'épaule et je lui fis de nouveau face.

"Se pencher en arrière."

J'ai mordu ma lèvre inférieure, mais j'ai obéi.

Mes fesses étaient encore très douloureuses, surtout avec le bord du bureau creusant dans mes muscles meurtris.

Et maintenant avec mes mains attachées derrière mon dos aussi, je ne pouvais plus les utiliser pour tenir mon corps.

"Ouvre tes jambes. Bonne fille."

Il posa sa main gauche sur mon épaule droite pour m'équilibrer avant de couvrir ma chatte de son autre main.

J'ai fermé les yeux lorsque deux de ses doigts se sont pressés entre mes lèvres gonflées, frottant mon clitoris.

Je laissai tomber ma tête en arrière et m'éloignai de lui vers le mur derrière moi.

Il écarta encore plus mes jambes et souleva ma chatte pour que ses doigts se caressent plus profondément.

J'ai tout oublié de la douleur.

Et combien vulnérable si quelqu'un nous attrape.

Tout ce à quoi il pouvait penser était d'atteindre cette falaise et de tomber la tête la première après.

Je grimpais, grimpais et grimpais ... gémissant pendant mon assentiment.

"Oh petit. Qu'est-ce que je t'ai dit au sujet du silence?"

J'ai haleté quand il a retiré sa main et m'a tiré sur mes pieds.

"Agenouille-toi."

Je gémis alors qu'il m'aidait à genoux.

Mes mains reposaient sur mes fesses douloureuses.

Les bords de sa cravate effleuraient l'arrière de mes cuisses.

Je pouvais encore sentir la piqûre de son toucher, la chaleur de ma peau où ses mains avaient été.

Ma chatte était serrée par le vide qui était là maintenant.

"Ouvre la bouche."

J'ai penché ma tête en arrière et laissé tomber ma mâchoire.

"Bonne fille."

Il me caressa la joue avec le dos de ses doigts pendant un moment.

Puis il a mis son pouce dans ma bouche, l'a humidifié avec ma langue et a frotté son doigt sur ma lèvre inférieure.

"Tu es tellement charmante, ma dame. Ma fille."

Sur ce, il leva son sexe et remplaça son pouce par la tête de son sexe.

"Lèche-le."

J'ai sorti ma langue et couvert le bout de ma salive.

Il frotta son sexe d'un côté à l'autre et autour de mes lèvres.

Et puis j'ai gémi.

"Maintenant, que vais-je faire avec ces bruits que tu fais?"

Il prit mon menton en coupe, l'ouvrit doucement plus loin, puis glissa son sexe dans ma bouche jusqu'à ce qu'il repose sur ma langue.

"Oui, ça pourrait marcher pour te faire taire."

J'ai cligné des yeux, mais j'ai gardé les yeux sur son visage.

Dans son sourire, je pouvais voir mon reflet dans ses lunettes et je gémissais à nouveau.

Il enfonça son sexe plus profondément dans ma bouche, me faisant bâillonner.

Il se retira lentement puis retourna à l'intérieur.

Encore et encore, il a rempli ma bouche, sa peau raide frottant contre mes lèvres humides.

Il recula complètement et frappa sa bite contre mes lèvres à quelques reprises.

"Respirez profondément."

Je fermai la bouche et déglutis, testant mes propres liquides et son liquide pré-éjaculatoire sur ma langue maintenant, puis l'ouvris à nouveau.

"Quelle bonne fille."

Il a de nouveau glissé son sexe dans ma bouche, ses mains de chaque côté de ma tête.

Puis elle a poussé ses hanches d'un côté à l'autre, baisant ma bouche comme elle avait ma chatte.

Il a continué pendant plusieurs longues minutes, saisissant mes cheveux d'une main maintenant, retenant ma tête en arrière.

Parfois, il me disait de sucer ou de lécher uniquement la couronne.

Et il s'arrêtait parfois, enfouissait son sexe si profondément que je pouvais le sentir dans ma gorge et je pouvais sentir ses couilles contre mon menton, l'odeur âcre de sa masculinité envahissant mon nez.

Il se pencha et me pinça le mamelon ou me caressa la poitrine plusieurs fois, mais il ne s'attarda jamais trop longtemps, remplissant toujours ma bouche avec le sexe à la profondeur et à la vitesse que je voulais.

Je me suis plaint et j'ai gémi, mais les bruits que je faisais maintenant étaient étouffés.

Et tout le temps, je chuchotais des mots d'encouragement.

«C'est la gentille fille de ton seigneur. Dieu, c'est si bon d'avoir ta bouche enroulée autour de ma bite. Oui, bébé. Comme ça. Mmmm. Continue comme ça.

Avec tout ce mouvement, mes lunettes ont glissé sur mon nez.

"Regarde-moi, Petite. Oh bébé, tu es si chaud comme ça. Ma bite dans la bouche, tes yeux sur moi. Tu es tellement impuissante, à ma merci. Et ces lunettes. Oh, merde!"

Il m'a baisé encore quelques fois, puis j'ai senti son lait chaud frapper le fond de ma gorge.

Il garda ma tête immobile, son sexe pressé contre ma langue et le toit de ma bouche.

Quand il a fini, il a dit:

"Lèche-le. Laisse-le propre, bébé."

J'ai fait de mon mieux sans utiliser mes mains.

"C'est ma bonne fille."

Il m'a caressé les cheveux jusqu'à ce qu'il soit satisfait.

Il m'aida à me relever et m'assit sur le bureau.

Avant de pouvoir réagir, il plongea une main dans ma chatte et couvrit ma bouche de la sienne, faisant taire mon cri de surprise.

Son autre main couvrit l'un de mes seins et il caressa finalement mon mamelon douloureux sous sa paume.

"Viens chercher ton seigneur, bébé," murmura-t-il en me laissant respirer.

Puis elle m'embrassait à nouveau, poussant sa langue contre la mienne alors que ses doigts jouaient avec mon clitoris.

Cette fois, j'ai grimpé cette falaise et je suis finalement tombée, mon corps tremblant en dessous.

Il ravala mes cris, son corps couvrant le mien, me pressant contre le bureau et le mur, jusqu'à ce que je reste immobile sous lui.

Je clignai des yeux quand il recula, rangea sa queue et lissa ses vêtements.

Il m'aida à me relever et détacha mes poignets.

"Habille-toi, petite fille. Fixe tes cheveux."

J'ai ramassé mes vêtements sur le sol, abasourdi.

J'ai rapidement tiré mes cheveux en chignon et redressé mes lunettes.

Une fois ma toilette terminée, elle m'a pris la joue et m'a souri.

"Maintenant, à propos de ce livre que je cherchais ..."

Je m'éclaircis la gorge et sortis un livre au hasard de l'étagère.

"Je pense que c'est celui que vous vouliez, monsieur. Il était ici bien en vue tout le temps."

"Quelle raison vous avez, mademoiselle. Je suis si heureuse qu'il y ait un bibliothécaire très compétent quand vous en avez besoin."

"Chaque fois que vous voulez, monsieur," je lui souris et quittai les étagères. "Chaque fois que vous le souhaitez, je suis ici pour vous servir dans tout ce dont vous avez besoin."

FIN

www.ingramcontent.com/pod-product-compliance
Lightning Source LLC
LaVergne TN
LVHW041043150826
845672LV00001B/445

* 9 7 9 8 2 2 7 0 2 5 2 6 5 *